식물세밀화가 5인이 가꾼 예술정원

인생 참, 꽃 같다

신소영 · 윤규희 · 박주경 · 이상숙 · 고순미 지음

티케

프롤로그 ——————— 정원의 식물이 손끝에서 피어나는 마법

예상치 못한 코로나가 길어지고 답답하고 지루한 집콕이 일상생활이 되면서, 이런 답답한 날들을 따뜻하게 위로해 줄 힐링을 위한 시간과 소확행(소소하지만 확실한 행복)을 절실히 바라게 되었다. 일상에서 우리를 위로해 주는 힐링 방법 중 안전하면서도 의미 있는 것에는 무엇이 있을까. 바로 반려식물 키우기와 보태니컬아트가 아닐까.

예전에는 식물을 집 분위기를 아름답게 하는 인테리어 정도로 인식했지만, 요즘은 반려동물과 동등한 존재로 반려식물을 인식하고 있다. 아직 반려식물이라는 표현이 어색한 독자들이 많을 것으로 생각한다. 우리가 정서적으로 의지하고자 가까이 두고 기르는 식물을 반려식물이라고 부른다. 나를 위로해 줄 힐링의 첫 번째 방법이 바로 이 반려식물을 키우는 것이다.

정원은 집 안으로 옮겨진 자연이다. 마당이 넓은 정원이든, 1평 베란다에 자리한 작은 정원이든, 그 크기는 중요하지 않다. 얼마나 시간을 들이고 정성을 기울여 돌보느냐가 반려식물 키우기의 핵심이다. 정원의 풀과 나무에 싹이 트고, 꽃이 피고, 열매를 맺는 과정을 하루하루 함께하며 일상에 생동감과 기쁨을 느끼게 된다. 반려식물을 키우면서 우리의 굳어진 마음이 부드러워지고 뾰족해진 마음에도 치유가 일어나는 기적을 맛보게 된다.

두 번째 힐링 방법은 식물을 도화지에 담아내는 보태니컬아트이다. 보태니컬아트는 단순히 꽃을 똑같이 그리는 작업이 아니라 온 마음을 담아 식물을 도화지에 살아나게 하는 작업이다. 섬세한 색연필과 붓의 터치로 살아나는 정원 식물은 싹이 트고 꽃이 피던 순간을 모두 담고 있다. 이른 봄, 눈 덮인 흙을 뚫고 노랗게 피어나는 복수초를 시작으로 바위틈에 하얗게 피어나는 돌단풍, 비단 주머니가 어사화처럼 늘어져 피어나는 금낭화, 짙은 향기를 내뿜는 꽃의 여왕 장미, 여름의 뜨거운 햇살에도 지치지 않고 피어나는 양반

꽃 능소화, 첫눈이 올 때까지 손톱에 들인 물이 남아 있으면 첫사랑이 이뤄진다는 봉선화, 서늘한 가을 하늘 아래 벨벳 같은 질감을 가진 추명국과 알알이 보라색의 앙증맞은 열매가 달리는 좀작살나무, 으름과 은행나무까지. 그렇게 정원은 찬란하고 화려한 한 해를 꽃을 더하고 덜며 마무리한다.

　이 책 속 정원에 담긴 식물은 색연필과 수채물감으로 그린 보태니컬아트 작품이다. 색연필과 물감으로 그린 식물은 그림 안에서 오래오래 생명을 이어가고 있다. 이 책을 읽는 독자들은 5인의 보태니컬아트 작가가 그린 작품과 추억을 함께 읽으면서 만남이 뜸했던 친구와 만나기도 하고, 잊고 있던 소중한 추억을 떠올리게도 될 것이다. 바라건대 책에 나오는 식물에 얽힌 나의 추억은 무엇이 있을까 생각하며 온전히 나 자신과 만나는 시간이 되면 좋겠다.

　동화 '시크릿 가든(비밀의 화원)' 속 두 주인공인 콜린과 메리는 비밀의 화원에서 짓눌려 있던 마음의 상처를 치료받고 건강을 되찾았다. 마찬가지로, 독자들도 이 책을 읽는 동안은 시크릿 가든의 정원에 머무는 치유의 시간이 되길 바란다.

또한, 「인생 참, 꽃 같다」가 보태니컬아트와 에세이라는 새로운 도전의 시작점이 되길 희망하며 동시에 아름다운 정원에서 나의 반려식물을 키우고 내가 키운 반려식물을 보태니컬아트로 탄생시키는 도전의 출발점도 될 수 있길 진심으로 염원한다.

인생
참,
꽃
같다

The Garden Plant with Botanical Art

작가소개

신소영

너와 나, 우리라는 어울림에서 행복을 느끼며 자연의 아름다움을 사랑으로 품고 10여 년 동안 보태니컬아트를 그렸다. 영국 왕립원예협회(RHS)를 비롯해 국내외 공모전에서 수상한 경력이 있으며『세계의 작가를 만나다, 보태니컬아트』, 『수채화로 그리는 보태니컬 아트』,『손끝에 핀 선인장 정원』외 다수 출간하였다. 현재 한국보태니컬아트 협동조합의 이사장으로 가천대학교와 연세대학교 미래교육원에 출강 중이다.

인스타그램 soyoung_sin_
유튜브 보태니컬아트 신소영작가

윤규희

정원에서 꽃과 나무를 가꾸며 영묘한 자연의 이치를 조금씩 알아간다.
나 또한 자연의 한 점으로 그 속에서 자연스럽게 살아가기를.......

박주경

토목기술사, 공학박사로 건설과 시설물 안전 분야에 40여 년간 몸담고 있고, 현재 (사)한국시설안전협회 회장이며 ㈜대한이앤씨를 운영 중이다. 피스 오브 마인드 (Peace of mind)를 모토로 헤르만 헤세의 정원을 꿈꾸며 식물을 사랑하는 마음으로 정원을 가꾸고 식물을 그린다.

인스타그램 parkandreal2

이상숙

첫 번째 인생은 직장인으로서 남과 더불어 도움을 주고받으며 살았고, 이제 두 번째 인생은 날마다 풀과 나무를 가까이에서 느끼고 그리면서 자유와 행복을 누리며 살고 있다.

인스타그램 leessuk

블로그 blog.naver.com/365flowers

고순미

작은 정원에서 꽃을 피우고 한 장의 종이에는 색연필로 잎을 틔우는, 식물과 함께 하는 삶이 목표인 나.

목차

Episode 1.

사계절 정원

윤규희

첫 손님, 복수초

처마 끝에서 눈 녹은 물이 떨어진다
정원에는 아직 눈이 쌓였고, 바람은 차다
그때
눈 속에서 노란 꽃이 빼꼼 얼굴을 내민다
처음 보는 꽃

복수초다

초대한 적도 없는데, 스스로 찾아들었다

어쨌거나 반가운 첫 손님

이듬해 봄,

눈 쌓인 정원에 또다시 복수초가 핀다

하루에도 몇 번씩 정원에 나가본다

복수초는 자기 체온으로 언 땅을 녹인다

싹을 틔우고, 무성한 잎사귀를 펼치고, 이어 꽃봉오리를 맺는다

그러나 아직 눈밭

문 좀 열어주세요

문 좀 열어주세요

재촉하는 나비도, 벌도 없다

다사로운 햇살이 내리고…

무심한 바람이 지나고…

꽃봉오리는 그제야 한 겹 한 겹 더운 몸을 열어재낀다

이제

동이 트기만 기다린다

하루하루 달라지는 아침 정원이 궁금하다

새순은 초록색뿐 아니다

불그스름한 빛으로 나와, 점차 연초록빛으로 변해가기도 한다

히어리, 진달래, 목련도 그렇다

꽃이 지고, 둥글둥글하고 거친 열매가 달린다

그러던 어느 날,

자취도 흔적도 없이 사라진다

왔다 가노라 한 마디 말도 없이……

해마다 복수초가 피면,

월동으로 쌓인 지푸라기며 낙엽들을 치운다

봄기운에 취해

한동안 뜸했던 친구에게 전화를 걸고,

즐거운 일 뭐 없을까, 찾아도 본다

속절없는 봄날, 꽃돌부채

이른 봄

정원은 날마다 새롭다

이맘쯤 정원에선 발끝을 조심할 일이다

새순은 여리고 위태롭다

꽃돌부채 꽃봉오리가 올라온다

몇 해 전, 토심이 얕고 볕이 잘 안 드는 곳에 앉힌 꽃이다

그래서일까

줄기는 땅에 붙은 채 뭉툭하니 굵어지고,

크고 넓은 이파리는 단풍 든 채 겨울을 난다

꽃대도 올리지 않고

꽃돌부채는 무더기 무더기로 피어난다

꽃 사태다!

꽤 오래도록 피어 있다

그동안 정원에서는

깽깽이풀꽃, 할미꽃, 노루귀가 피고 진다

뒷산에서는 나무들 맥박이 힘차다

팡

팡

팡

산수유, 매화, 산벚꽃들이 팝콘 튀기듯 꽃을 터트린다

한바탕 소동이 잦아들 무렵

꽃돌부채 무더기 아래서 앵초가 나선다

저런!

꽃돌부채 그늘에 묻히는구나…….

이파리를 툭툭 따내어 버리니, 앵초 위로 햇살이 내린다.

눈부시다!

한낮 정원에서 물끄러미 바라보는데,

속절없이 봄날이 간다

인연, 산작약

날마다 꽃들이 피어난다

잡초도 많다

뽑아도 뽑아도, 다시 살아난다

대체 그 힘은 어디서 나는 걸까

작약 틈바구니에서 산작약이 핀다

눈처럼 희다

흰 꽃잎 속 노랗고 빨간 수술이 강렬하다

작약은 작약이로되

이파리 생김도 다르고 꽃잎 빛깔도 다르다

깊은 산속 그늘에서 자란다더니,

어쩌다 여기 정원에 뿌리를 내렸을까…

산작약이 화들짝 피더니

이내 진다

찰나처럼

스쳐 지나는 인연

어느새 5월 끝자락이다

텃밭이 풍성하다

고추며 호박이 열리고, 앵두가 익는다

해마다 이맘때면 멀리 사는 손주들이 찾아온다

아이들은 볼 때마다 부쩍부쩍 자란다

싱그런 푸성귀나 열매들 같다

만약 내가 그렇게 늙어간다면 대책이 없겠지

어느 날, 콩주머니 같은 게 달렸다

산작약 씨앗이다

순백의 꽃이더니 어느새 변했다

정원을 살피며 자연의 섭리를 본다

생명은 저마다 나름의 법칙대로 나고 자라고 사라진다

인연 속에서

나이가 들며 생각은 많아지는데

몸은 자꾸 게을러진다

이 또한 섭리겠지

사랑스럽다, 장미매발톱

장미매발톱을 심는다

추위도 토양도 아랑곳하지 않고 잘 자라고,

흔하지 않은 자태로 눈길을 사로잡는 꽃

이듬해 봄

꽃이 피지 않았고, 그냥 잊어버렸다

그리고 두어 해가 지난 어느 날,

줄기를 쭉쭉 뻗더니 자줏빛 꽃봉오리를 맺는다

꽃뿔이 구부러진 게 영락없는 매발톱인데,

대롱대롱 꽃봉오리가 분홍빛으로 겹겹이 피어난다

환한 햇살에 걸치면

투명한 핑크빛 속살이 비치는 듯하고,

어스름 저녁 빛에 걸치면

보랏빛 꽃송이가 둥둥 떠 있는 듯하다

고개를 떨군 얼굴은 장미 같고,

동그란 이파리는 강아지 발바닥 같다

볕은 달아올라 더운 숨을 뿜고,

바람은 사이사이로 숨을 흩뿌리고

꽃이 진다

꽃 진 자리에 초록의 초롱 촛대 모양 씨방이 달린다

그 위로 햇살 한 자락 걸치니,

다시 초록 꽃이 핀 듯하다

서두르지 않아도,

조바심 내지 않아도,

때가 되니 피고 진다

까마득하게

설렘도 잊고 만난 꽃…

자꾸만 들여다본다

굳세게

찬 바람 불 때까지 파르르한 이파리…

예쁘다

사랑스럽다

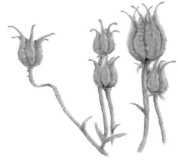

하물며 잡초마저 예쁘다, 5월의 꽃

5월은 늘 바쁘다

한가로이 꽃을 들여다볼 시간이 없다

그래도,

봄은 봄이로소이다!

꽃시장으로 달려간다

눈맞춤한 꽃을 들여와 베란다에 줄줄이 늘어놓는다

문득

꽃이 시들고 죽어간다

아이쿠…….

다시 여름꽃을 들이고,

가을꽃을 들인다

계절 따라 부지런을 떨건만

정작, 한철 살리기도 힘들다

이러구러 생긴 정원

아이들 다 키워 내보낸 뒤라 단조롭게 살고 싶건만…….

그런데 정원은 남에게 맡길 일이 아니었다

내 뜻대로,

내 맘대로 해보자

때는 바야흐로

막대기를 꽂아 놓아도 꽃이 핀다는 계절

망설일 것도 없다

일년초, 다년초 가릴 것 없이 잔뜩 들인다

책을 뒤지고, 꽃장수에게 정보를 얻으며 배워간다

담담하게 맞닥뜨린 정원이

그야말로 야전이다

만만찮고 수월찮다

바람꽃, 금낭화, 자란, 정향풀꽃, 뱀무, 앵초들이 핀다

어젯밤 봉오리가 아침이면 활짝 핀다

꽃마다 잎새마다

신비롭고 오묘한 빛깔들

그래, 화폭에 담아 보자

선 긋기,

남의 그림 따라 그리기로 걸음마를 떼고,

마침내 정원에 핀 꽃을 그린다

오!

화폭에 꽃이 피고,

먼먼 기억이 되살아온다

정원에서 그림을 그리며

꽃의 계절을 알았다

5월엔 하물며 잡초마저 예쁘다

*자란
  보랏빛 꽃잎이 눈부시다. 넓고 긴 이파리가 꽃잎을 더욱 돋보이게 한다.
  실제로는 훨씬 더 환상적인 빛깔이다.

*뱀무꽃
  꽃이 작고 앙증맞다. 뱀을 유혹하는 꽃이라는데, 벌도 많이 꼬인다.
  흔하지 않은 빛깔로, 눈에 확 띈다.

*초롱꽃
  볕뉘에 기대어 자란다.
  늘어진 이파리 사이로 보랏빛 꽃이 초롱처럼 달렸다.
  가까이 볼수록 귀엽고 예쁘다.

*정향풀꽃
  푸른빛을 머금은 별이 하늘에 흐트러져 있는 듯하다.
  바다 빛깔 별꽃.

장미 꽃밭, 홑겹장미꽃

살다 보면

전혀 뜻하지 않은 일이 벌어지기도 한다

정원이 그랬다

도시에서 나고 자랐는데, 어쩌다 흙을 밟고 살게 되었다

그래, 그러니까

오색빛깔 아름다운 장미 꽃밭을 만들자

유럽 여행길

골목마다 담장마다 장미꽃을 보았다

모나코

골든보더

기 드 모파상

우라라

이름조차 아름다운 꽃 중의 꽃

장미꽃

우리 이름 장미꽃도 나오면 좋겠네

가지치기도 배우고, 병충해 막는 법도 배운다

가지를 쳐주면 계속해서 꽃을 볼 수 있다

새 가지에 새 꽃이 탐스럽게 핀다

다발처럼 모여 피는 꽃 가운데 봉오리를 따주면

장미꽃이 더 탐스럽게 핀다

무당벌레는 진딧물 포식자

눈에 띄는 족족 장미 꽃밭에 넣어준다

장미꽃은 까탈스럽다

잠깐 방심하면 꽃은 작아지고, 키는 껑충 자란다

벌레가 꼬이고, 죽은 가지가 는다

장마가 지나는 여름철에는 더더욱 그렇다

에고, 힘들구나

가끔은 방치도 하는 거지…….

장미꽃은 꽤나 매혹적이다.

빛깔도 제각각

얼굴도 제각각

가시도 제각각

향기도 제각각

개성대로 다 다르다

장미꽃을 들여다보니 신비롭다

가만히 들여다보고, 잎맥까지 그려 본다

힘들지만,

즐겁다

아름답게 살아남기, 비비추와 꽃범의꼬리

마음속에 정원을 그린다

여름이 오면 비비추가 핀다

보랏빛 비비추가 질 무렵 그 뒷줄에서 상사화가 핀다

이파리와 꽃이 서로 만나지 못해 애달파도, 자태는 의연하다

연이어 꽃무릇이 꽃대를 올린다

역시 이파리와 꽃이 서로 만나지 못하지만, 선홍빛 꽃잎이 정열적이다

앞서거니 뒤서거니 피고 지고 피고 져라…….

상상대로 꽃을 심는다

그런데,

온통 비비추 천지다

무람없는 비비추의 전진에 상사화도 꽃무릇도 제 자리를 잃고 말았다

아스타는 가을 단풍과 잘 어울리는 꽃이다

가을을 빛낼 꽃으로 이만한 게 없다

그런데 꽃범의꼬리가 아스타를 침범한다

게다가 큰 키로 햇빛도 가려 버린다…….

아스타는 가장자리에서 겨우 몇 그루만 살아남았다

수국은 봄꽃이 지고 난 자리를 채워 줄 꽃이다

여긴 요 빛깔, 저긴 저 빛깔로 피어나라

그런데 웬걸

아예 꽃이 안 피거나 다른 빛깔로 핀다

아이쿠!

꽃 빛깔은 토질의 산성도에 따라 결정된다네…….

꽃밭은 때때로

전혀 예상하지 않은 모습으로 나타난다

정원을 가꾸기 시작한 지 10년

이제 조금 알 거 같다

정원은,

꽃밭은 치열한 삶의 현장이다

욕망이 문제다

그래도,

그래도,

아름답게 살아남기!

그저 바라볼 뿐, 청화쑥부쟁이와 꽃사과나무

청화쑥부쟁이 가운데, 꽃사과나무 한 그루가 있다

꽃은 무성한데, 나무는 앙상하다

꽃사과나무를

어쩌자고 반그늘에 심었을까

봄엔 시원찮게 꽃을 피우더니, 가을엔 서둘러 잎새를 떨궈버린다

그나마 앙증맞게 달린 사과가 있어, 크리스마스 장식 같다

청화쑥부쟁이는 생명력이 넘친다

봄에는 노루오줌꽃, 동자꽃을 제치더니

여름에는 한련화마저 제쳐 버린다

연분홍부터 짙은 보랏빛까지 빛깔도 다양하다

가을의 끝자락

청화쑥부쟁이와 꽃사과나무가 조화롭다

단풍이 물들기 시작한다

단풍 든 잎새는 시들거나 말라도 곱다

그대로 그려보려 색을 섞고 또 섞어봐도 그 빛깔이 아니다

햇빛과

바람과

비와

눈보라가 빚어낸 자연의 것들

그

티끌 한 톨에도 온 우주가 담겼다지

어찌 감히 흉내 내랴

그저 바라볼 뿐…….

청화쑥부쟁이가 지고 나면

곧 겨울이다

그리고

겨울이 가면 또 새봄이 온다

Episode 2.

도시 정원

이상숙

인내하는 삶, 얼레지

"이 꽃, 이름이 뭐예요?"

"얼레지예요."

"엘레지요? 얼레리? 이름이 너무 어렵네요."

이름이 낯선 만큼 한 번에 알아듣는 사람이 참 드물다. 덕분에 이미자의 노래 황혼의 엘레지라는 노래는 얼레지 이름과 함께 꼭 소환된다. 얼러지, 엘레지, 가재무릇, 미역취, 미역나물 등 얼레지를 부르는 이름도 많다. 그러면

서 또 묻는다.

"얼레지가 무슨 뜻이죠? 우리나라 말인가요?"
"얼레지 잎에 얼룩덜룩한 무늬가 있어서 얼레지라고 한대요."

얼레지를 궁금해하는 사람들과 꼭 거치는 대화들이다. 얼레지는 잎에 군복 같기도 하고 참개구리 피부 같기도 한 얼룩덜룩한 붉은색 무늬가 있다. 관엽식물도 맨숭맨숭하고 매끈한 잎보다 얼룩무늬가 있거나 하얗게 백화된 잎을 가진 것이 더 비싸다. 그만큼 변화가 있는 모습이 관상용으로 가치 있다는 뜻이다. 잎의 무늬가 얼룩덜룩하기만 한 것도 아니다. 군데군데 분이 덮인 녹색의 잎도 있고 온통 검자줏빛 잎도 있다. 그래서 얼레지는 잎의 특이함 때문에 더 사랑받는 꽃이다.

몇 년 전인가 우연히 광덕산 얼레지 사진을 보고 감탄만 하다가 실제 모습을 보고 싶어서 찾아간 적이 있다. 얼레지의 실제 모습은 사진보다 더 탄성이 나올 만큼 멋있었다. 해가 나지 않을 때 얼레지의 길쭉한 꽃잎은 입을 꽉 다문 채 아래로 향해 있다. 마치 접어 놓은 장우산 같다. 그런데 햇살이 퍼지

기 시작하면 순식간에 6장의 선명
한 보랏빛 꽃잎이 펼쳐진다. 그 꽃잎 안쪽에 알파벳 W 문양이
선명하게 드러나면서 서서히 꽃잎이 뒤로 젖혀진
다. 얼레지의 트레이드마크는 하나하나 완
벽하게 뒤로 젖혀 올려진 꽃잎이다. 뒤로
기울어진 꽃잎은 마치 긴 머리칼을 틀어 올린 여인의 머리 같다. 아마도 이
도도한 자태의 꽃잎을 보고 '질투'니 '바람난 여인'이니 하는 꽃말을 갖다 붙
였을 것이다. 어떤 뉘앙스의 꽃말인지는 알겠지만 들을 때마다 모욕적이기
짝이 없어 얼레지에 몹시 미안한 마음이 든다.

　　아무리 키가 자라도 30cm 정도밖에 되지 않는 얼레지의 보랏빛 얇은 꽃
잎은 바람에 흔들리고 잠시 휘청일 뿐, 결코 꺾이는 법이 없다. 청순하게 보
이지만 위엄 있고, 도도한 매력이 있는 꽃이라 한 번 보면 잊을 수가 없는 꽃
이다.

　　온 산의 경사면이 얼레지 군락으로 덮인 장관은 오래 보고 있어도 질리
지 않았다. 4월 중순의 날씨지만 높은 산이라 그런지 바람이 제법 쌀쌀해서

아쉬운 마음을 접고 얼레지의 모습을 눈에 가득, 머릿속에 가득 담아 내려왔다. 광덕산 아래 주차장 부근에 나물 파는 할머니의 보따리에는 방금 산에서 실컷 보고 내려온 얼레지가 담겨 있었다. 살짝 데쳐서 나물로 무쳐 먹거나 비빔밥을 해 먹는다고 하셔서 궁금한 마음에 한 보따리를 샀다. 인터넷에 검색해 보니 꽃술을 제거하고 꽃까지 먹는다는데 독성 때문에 데친 후 물에 우려내고 먹으란다. 그 맛이 궁금해서 데치고 물에 담가 우려내고 먹었다. 식감이 다른 나물과는 달랐다. 콩나물을 씹는 것처럼 아삭아삭 산뜻한 식감이면서 미역처럼 약간 미끈하기도 하고 시큼한 맛이 감돌기도 한다.

얼레지는 아주 오래전부터 먹어 왔다. 우리 조상들은 보릿고개가 닥치면 들로 산으로 식량이 될 만한 것을 찾아내어 먹었는데 얼레지도 그중 하나란다. 얼레지 뿌리줄기에는 전분이 많아, 그 전분을 모아 국수를 만들거나 쪄서 먹고 어린잎은 나물로 죽을 해 먹으며 춘궁기를 버텼다. 지금의 우리는 상상하기 어려운 시절의 이야기이다. 여리여리하고 날렵한 보랏빛 꽃잎은 식용이라는 이미지를 붙이기엔

전혀 어울리지 않지만, 그 당시 백성들의 눈에는 꽃의 아름다움을 감상하고 있을 여유가 없었을 테니 참 세월이 많이 변했다.

그렇게 군락을 이루던 얼레지도 5~6월이 되면 길쭉한 씨방만 남기고 싹 사라진다. 씨방 하나만 기다랗게 매달려 있는 꽃대를 보고 얼레지를 상상하기는 정말 어렵다. 제법 무성하고 커다랗던 이파리들은 다 어디로 갔을까. 참 신기하게도 얼레지는 잎이 사라지면 뿌리줄기는 새로운 알뿌리를 만들어 놓고 또 다른 잎을 틔울 준비를 한단다.

얼레지는 특이하게 두 장의 마주난 잎 사이에서만 꽃대가 올라온다. 매미가 우화하는데 7~8년의 세월이 필요하다는데 얼레지도 최소 5년은 지나야 꽃을 피울 수 있단다. 씨앗에서 싹이 트는 데만 몇 년이 걸리는데 심지어 처음엔 한 장의 잎만 밀어 올린다. 그다음 해 두 장의 잎이 돋고 그 사이에서 꽃대를 올릴 때까지 몇 년을 땅속에서 인고의 시간을 보낸다.

꽃을 내 삶의 일부로 여기면서부터 꽃에서 인생을 배운다. 현실에서 아등바등 사는 모습에 자기 연민에 빠져 우울하고 슬플 때 매미나 얼레지를 생각하면 '내가 참 교만하고 어리석구나' 하는 생각이 든다. 이렇게 긴 시간을 견뎌내고 간신히 꽃을 피웠는데 사람들의 손에 뱀을 당하고 또 뿌리째 뽑히는 수난을 당하기도 한다. 그래도 다음 해 어김없이 꽃을 피우는 얼레지를 생각하면, 나를 돌아보게 된다. 그러면 감사한 마음과 다시 살아낼 힘이 모인다.

요즘은 얼레지의 아름다움을 알아차린 가드너들이 많아져서 외국 품종과 원예종을 많이 도입해 정원이나 화분에 심어 기른다. 예쁜 꽃은 알아보는 사람이 많아 다양해지기 마련이라, 새봄에 노란 복수초가 지기 시작하면 보라색 얼레지가 아름답게 정원을 물들일 거다. 얼레지는 예쁘고 매력적인 꽃인 줄만 알았는데 알면 알수록 삶의 지혜와 용기를 준다.

호랑이부채, 범부채

저 멀리 주황색 꽃이 보인다. 왕원추리일까, 능소화일까⋯⋯. 내가 알고 있는 주황색 꽃을 떠올려본다. 가까이 가 보니 요즘 유행하는 호피 무늬를 가진 꽃이다. 주황색 호피 무늬가 선명한 꽃잎을 보니 영락없는 표범이다. 어슬렁거리는 표범의 가죽 무늬와 얼굴이 떠오른다.

잎은 어떻게 생겼을지 궁금하다. 꽃이 거의 1m까지 올라오는 큰 키를 가져서 잎은 내려다봐야 한다. 잎은 길쭉하고 납작한 칼 모양으로 줄기에 하나씩 어긋나게 얼싸안으며 자라니 너비가 참 넓다. 완전하게 다 자란 잎은 신기하게도 부채를 펼쳐 놓은 것 같다. 요즘같이 더운 날이면 저 잎을 따서 부채질을 해도 좋겠다 싶다. 주황색 호피 무늬 꽃에 부채를 닮은 잎까지 가진 이 꽃의 이름은 범부채다.

우리 꽃을 좋아하는 이유 중에는 이름이 주는 재미도 한몫한다. 이름에서 오는 정겨움과 친근함은 그 꽃에 대한 관심과 궁금증을 더 불러일으킨다. 보통 이름을 정할 때는 꽃이 주는 이미지 그대로 붙여 주는 게 제일 빠르다. 범부채는 범과 부채의 합성어로 꽃에 찍힌 무늬가 범 가죽(호피)과 닮아 붙여졌다. 범부채는 고려 시대에 호의선(虎矣扇), 조선 시대에는 범부채라고 불렀다는 기록이 있을 정도로 오랫동안 우리 곁에 있었던 꽃이다. 범이라고 부를 때는 호랑이와 표범을 구별하지 않고 불렀으니 아마도 여기서는 표범을 의미하는 범이라 생각된다. 영명도 ‘Leopard flower’라고 부르니 표범이 확실하겠다. 부채란 이름은 줄기와 잎이 나는 모양이 쥘부채와 똑같아서 붙여진 이름이다. 한 줄 한 줄 어긋나며 올라가는 칼 모양 잎이 부챗살을 이어붙인 것 같은데 잎을 만져 보면 억센 질감이 대나무 잎보다 더 거세서 실제로 부채로 써도 시원한 바람이 날 것 같다. 잎은 거친 종이부채 같아서 잘 찢어지지도 않고 잘 구부러지지도 않는다. 줄기를 만져 보니 마치 조릿대처럼 단단하고 매끄럽다. 마디도 있는데 그 속이 비어 있어서 대나무와 참 비슷하다. 이렇게 단단한 줄기가 잎을 꽉 붙들고 있으니 정말 부채로 써도 시원한 바람을 내줄 것 같다.

부채를 떠올리니 국민학교 6학년 운동회가 바로 생각난다. 운동회의 단골 눈 호강 프로그램이었던 부채춤을 추던 때가 기억난다. 부채춤에 쓰던 부채는 분홍빛의 비치는 천으로 만들어졌고 그 끝에 닭털인 것 같은 깃털이 붙어 있었다. 연습에 연습을 거듭하다 보니 분홍색 부채는 깃털이 하나둘 빠지기 시작해서 부채춤이 완성될 때쯤엔 볼품없어지기 일쑤였다. 게다가 부채춤용 부채는 여자아이들의 손에는 너무 커서 촤악 하는 시원한 소리가 나게 펼치기에는 힘들었다. 손아귀가 아프도록 연습을 해야 겨우 촤악, 촤르륵 하는 소리가 나기 시작했다. 춤의 동작이 맞아갈 때면 부채가 펴지는 촤아악, 촤르르 하는 소리도 하나가 되고 그 소리는 그때까지의 고생을 보상받는 뿌듯함과 같았다.

부채춤의 쥘부채가 떠오르는 범부채는 여름이 되기 시작하면서 꽃이 핀다. 줄기와 잎에 비해 꽃은 참 동글동글하니 귀엽다. 6개의 꽃잎이 붙어 있는 통꽃인 범부채는 잎과 줄기의 크기에 비해 지름 5cm 정도로 자잘한 꽃이 핀다. 갈라진 꽃잎 하나하나가 잠자리 날개처럼 둥글고 평평하게 펼쳐져 피는데, 어린아이가 꽃을 그릴 때는 범부채꽃처럼 둥글게 둥글게 그릴 거다.

이렇게 예쁜 꽃송이의 수명은 아쉽게도 하루이다. 아침에 피면 저녁에 시들어 버리고 다음 날엔 새로운 꽃송이가 또 피어난다. 범부채의 긴 꽃줄기 끝에는 작은 가지가 많이 갈라져 나와 비교적 여러 송이의 꽃이 피어나고 시들고 반복한다. 막 피려는 꽃송이와 한참 피어 있는 꽃송이와 방금 진 꽃송이가 함께 어우러져 있어서 보는 재미가 쏠쏠하다.

꽃송이도 특이하지만 배배 꼬인 꽃잎이 같이 달려 있어서 더욱 독특하고 매력적이다. 마치 스크류바처럼 나선 모양으로 돌돌돌 말려 있는 꽃잎을 가만히 들여다보다 보니 갑자기 궁금증이 난다. 방금 땋아 놓은 머리 같은 이 꽃잎은 '피려는 꽃송이'일까, '이미 진 꽃송이일까' 구별이 잘 안 된다. 한

꽃줄기에 같이 보여서 더욱 궁금하다.
알고 보니 이 배배 꼬인 꽃잎은 지고 난
꽃잎이란다.

　하루만 피는 범부채꽃은 저녁나절이 되면 꽃잎끼리 머리를 땋은 것처럼 비비 꼬여서 씨방 위에 꽤 오랫동안 모양을 유지하다가 말라 버린다. 그 이유는 씨방이 씨앗을 잘 맺을 수 있도록 보호하기 위해 그런다고 한다.

　꽃잎 아래쪽에 달려 있는 씨방은 꽃잎이 지고 3~4cm 정도 자라는데 그 안에는 까만 씨앗이 포도송이처럼 익어간다. 마침내 씨앗이 여물고 나면 씨방의 껍질이 말라 씨앗이 드러난다. 마침내 작고 둥근 구슬 같은, 윤기 나는 먹색 씨앗이 몇 개씩 뭉쳐 있는 모습이 보일 때쯤이면 범부채도 잎끝이 마르기 시작하고 녹색의 잎이 누렇게 변하기 시작한다.

　우리 주변에는 칼 모양의 길쭉한 이파리를 가진 꽃들이 많이 있다. 원추리, 창포, 붓꽃 등이 다 커다란 난초 잎을 가졌는데 그중에서도 범부채는 유독 형태가 반듯하고 선명한 존재감을 내뿜는 잎을 가진 꽃이다. 잎이 커서 키도 크게 자라고 잘 넘어지지 않아 정원에 군락으로 심어 놓으면 초가을까지 꽃이 피고 지는 모습을 보여 준다. 푸르고 커다란 녹색의 부채 잎과 겨울까지 매달려 있는 반짝반짝한 까만 열매는 아름다움과 상쾌함, 산뜻함까지 선사하는 기분 좋은 선물이다.

올여름에 카페나 길거리에 쥘부채를 들고 있는 사람을 본 기억이 거의 없다. 모두 충전식 손풍기를 들고 있었다. 앞으로 10년 후면 아날로그 손부채는 사라져 추억 속의 물건이 되는 건 아닐까. 어쩌면 범부채를 보고 부채의 모습을 설명해야 할 날이 올지도 모르겠다.

슬픈 검은 눈동자, 수잔루드베키아

영국의 한 마을에 수잔이라는 여자가 있었다. 그녀는 사랑하는 연인이 전쟁터로 떠난다는 소식을 듣게 된다. 여기저기 수소문해보니 부두에 정박한 배에 연인이 타고 있다는 것을 알게 되었다. 황급히 부두에 정박한 배에 올라 연인 윌리엄을 찾아다녔으나 결국 만나지 못하고 배에서 내린다. 그녀는 부둣가에 주저앉아 그 배 어딘가에 있을 연인을 향해 손을 들어 작별 인사를 하며 눈물을 흘린다.

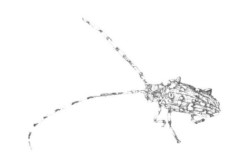

수잔의 깊고 검은 눈동자가 슬프다. '*Black-eyed Susan*', 존 게이(*John Gay*)라는 영국 시인이 쓴 시 '*Black-eyed Susan*'의 내용이다.

검은 눈의 수잔, '*Black-eyed Susan*'이라는 이름을 가진 꽃이 의외로 많다. 우리가 알고 있는 루드베키아속의 꽃 중에 툰베르기아 알라타, 노란 데이지 등을 모두 '*Black eyed Susan*'이라 부른다. 수잔의 깊고 그윽한 눈동자를 닮은 꽃이라고 생각하여 가장 시적이고 낭만적인 이름을 붙여줬다. 꽃의 가운데 부분이 봉긋하게 솟아 있고 암갈색이라 멀리서 보면 신기하게도 검은 눈동자처럼 보인다. 긴긴 시간, '수잔의 검은 눈동자'라는 이름으로 그 꽃을 부르며 가까이 바라본다면, 얼마나 그 꽃이 신비롭고 사랑스럽게 느껴질까. 생각만 해도 아름답고 환상적인 이름이다.

한여름에 피는 수잔루드베키아, *'Black eyed Susan'*은 정말 이름처럼 사랑스러운 꽃이다. 꽃의 중심 모양이 원추형이라 *'Cone flower'*라는 직관적인 이름도 있고, 노란색 데이지꽃을 닮았다고 *'Yellow daisy'*라고 부르기도 한다. 이 꽃은 북미 원산의 귀화식물이라 우리나라에서는 수잔루드베키아, 히르타원추천인국이라는 국명으로 부르며 원추천인국의 조상 격인 꽃이다. 루드베키아속에는 20여 종의 재배종이 있어서 정확한 이름을 구별하여 부르기보다는 루드베키아 또는 원추천인국이라고 부른다. 어차피 우리나라 고유종도 아니라 영명을 그대로 국명으로 해도 좋을 듯했다는 생각이 든다. '블랙아이드수잔' 이렇게 불렀으면 평범하기만 한 꽃이 숨겨진 스토리를 가진 신비한 꽃으로 귀한 대접을 받았을지도 모른다. 원추형의 천인국이라는 뜻의 원추천인국 다소 실망스러운 이름 탓에 따뜻하고 예쁜 꽃이 덜 친근해 보여 아쉬움이 든다.

　게다가 루드베키아라는 속명은 스웨덴의 식물학자인 린네가 그의 스승인 루드벡*(Rudbeck)* 교수의 이름을 헌정해서 붙인 것이란다. 꽃의 실제 속성이나 특징을 보고 지은 이름이 아니라, 실존 인물과 시에서 따온 이름을 조합하여 존경과 사랑을 담아 붙인 특별한 이름이다. 그래서 루드베키아라는 남다른 사연을 가진 이름이 탄생한 것이다.

　수잔루드베키아는 태양 빛이 이글거리는 시기에 피기 시작하는 여름 정원의 대표적인 꽃이다. 노란 혀 모양 꽃잎은 12~15장 정도가 가장자리를 빙 둘러붙어 있어서 해바라기꽃을 떠오르게 한다. 꽃의 중심은 대롱 모양의 암갈색 꽃이 원추형으로 모여 있다. 멀리서 보면 영락없는 키 작은 해바라기다. 해바라기는 무거워서 살랑거리지 않지만 루드베키아는 바람 불면 살랑살랑, 한들한들거리는 모습이 마당 가득 해님들이 내려온 것 같이 환하고 밝아 눈부시다. 태양 빛이 잔뜩 스며들어서인지 꽃은 따스하고 온화한 느낌을 준다.

키도 제법 커서 어느 곳에 심겨 있어도 다른 꽃들의 배경 역할을 하고 조화를 해치지 않는다. 다만 햇볕이 좋은 곳에 있어야 생기가 나고 더욱 아름답게 빛을 낸다.

수잔루드베키아는 아름답기만 한 꽃이 아니다. 의외로 잡초처럼 강인함을 지니기도 한 꽃이다. 가뭄도 잘 버티고, 강렬한 태양 빛 아래서도 잘 견디며 줄기가 네모져서 잘 부러지지도 않는다. 벌레도 별로 타지 않는다. 아마도 이런 점이 오히려 널리 사랑받지 못하는 요소일지도 모른다. 귀하게 대접받으려면 희소성이 있어야 한다. 키우기 까다로워야 애를 태우고, 싹도 잘 나지 않아야 기다리는 마음이 간절한데 루드베키아는 지나치게 평범하다. 평범하다 못해 잡초스럽다. 정원을 가꾸는 손길이 부지런하지 않아도 저절로 나고 저절로 자라서 스스로 꽃 피우는 강인한 잡초 같은 아이. 그래서일까. 나 같은 게으른 정원사는 좋아하겠지만 아침저녁으로 정성스레 돌보고 키우는 정원사들의 눈에는 차지 않는 꽃이기도 하다.

한여름을 밝혀주던 노란 꽃잎이 떨어지고 나면 까만 눈동자만 남아 씨앗을 맺는다. 그러고도 털북숭이 잎은 오래도록 푸르게 남아 있다. 바람 불 때

마다 흔들리는 수잔의 검은 눈동자가 아련하다.

'수잔은 사랑하는 윌리엄을 무사히 만났겠지. 두 사람의 정원에도 노란 루드베키아가 만발하고 수잔의 검은 눈동자는 이제 기쁨으로 빛나겠지.'

수잔과 윌리엄을 떠올리며 내년 여름에도 환하고 밝은 수잔의 검은 눈망울이 활짝 피어나길 기다린다.

그리움으로 물들다, 상사화

8월 초 입추가 지나면 밤마다 풀벌레 소리가 들리기 시작한다. 한낮은 폭염이 기승을 부리는 데도 풀벌레들은 가을의 문턱에 들어섰음을 기막히게 알아차린다. 그즈음이면 맨땅을 뚫고 솟구치는 새싹이 하나둘 보이기 시작한다. 새싹은 금세 쑥쑥 자라 긴 꽃대가 되고 그 끝에 화려하고 섬세한 꽃술을 가진 분홍의 꽃이 되어 마당 한구석에 자리 잡는다. 봄부터 많은 꽃들이 피고 지고, 피고 지지만 이 분홍의 꽃만큼 드라마틱하고 신기하다 싶은 건 없는 듯하다. 식물이면 당연히 새싹이 돋아 잎이 나고 꽃이 피고 열매를 맺고

쓰러지거나, 꽃이 피고 잎이 나고 열매를 맺고 스러지는 것이 자연의 공식인데 이 공식을 따르지 않는 특이한 꽃이 피었다.

가을이 곧 오려나 보다.
분홍빛 상사화가 피었다.

이해인 수녀님의 시 상사화는 상사화를 이렇게 표현한다.

" 날마다 그리움으로 길어진 꽃술
  내 분홍빛 애틋한 사랑은
  언제까지 홀로여야 할까요? "

출처 : 외딴 마을의 빈집이 되고 싶다 / 이해인 / 열림원 출판

그리운 사람은 못 만나서 괴롭고 미운 사람은 만나서 괴롭다는 법구경의 한 구절도 있다. 참으로 인간사 한세상만 사는 나도 원하는 대로만 되지는 않는데, 꽃도 그런가 보다.

상사화란 한자로 相思花, 서로 사모하고 그리워하는 꽃이라는 뜻이다. 느닷없이 꽃대가 쑥 올라와 잎도 없이 꽃만 매달고 있는 상사화꽃은 꽃잎이 다 시들어 말라 떨어질 때까지도 잎이 나지 않아서 잎을 보지 못한다. 잎은 이른 봄에 싹이 돋아 6월쯤 스러진다. 그래서 잎도 8월에 피는 꽃을 볼 수 없다. 잎과 꽃이 절대로 만나지 못하고 서로 그리워만 하는 걸 안타깝게 여긴 사람들이 붙여준 이름이다.

아이러니하게도 상사화의 꽃과 잎은 서로의 존재를 모른다. 한 번도 서로를 본 적도, 만난 적도 없다. 잎은 꽃을 본 적 없고 꽃 또한 잎을 본 적이 없다. 서로의 존재를 상상 속에서나 알까? 존재 자체를 모르는데 그리워하다니……. 굉장히 철학적이고 시적인 이름이다. 그래서 더욱 신비하고 무언가 사연이 있는 경이로운 존재라는 느낌을 준다. 꽃말도 '이루어질 수 없는 사랑'이다. 이 이상 더 완벽하고 적절한 꽃말은 없는 것 같다.

상사화가 피기 시작하는 시기도 오묘하다. 음력 칠월칠석 즈음에 피기 때문이다. 견우와 직녀가 서로를 그리워하다가 1년에 꼭 한 번 만나는 날인 칠월칠석 즈음이면 피어나기 시작하는 것은 너무도 공교로운 일이다. 그나마 견우와 직녀는 1년에 한 번은 만날 수 있는 연인들이라 자주 보지 못함이 애틋할 뿐이지만, 분홍빛의 상사화는 평생 만나지 못할 잎을 기다리며 상사의 마음을 꽃잎 속에 투영하고 있으리라.

상사화는 다른 꽃들이 열매를 맺고 키워가는 시기에 느닷없이 새싹이 올라와서 꽃이 피니 참 신기하기 짝이 없다. 그 크기도 생각보다 크고 듬직하다. 우리의 토종 나리꽃이나 원추리꽃 같이 큰 나팔통 모양의 꽃이 모여서 핀다. 잎 하나 없이 머리 위에 꽃봉오리 하나를 얹고 쑥쑥 올라오는 꽃줄기는 죽순처럼 속도감이 느껴진다.

기다란 꽃줄기 끝에 붓을 세워 놓은 것 같은 꽃봉오리는 매끈한 막 같은 껍질에 싸여 있다가, 껍질이 툭 벗겨지면서 3-7개의 꽃송이를 드러낸다. 꽃송이들은 긴 우산대에 우산살을 펼쳐 놓은 모양으로 꽃잎을 펼치며 한쪽으로 핀다. 분홍빛의 매끈한 꽃잎이 6갈래로 갈라진 통꽃인 상사화는 화려한 듯하나 수수하고 수려하여 기품이 있는데, 향기가 별로 나지 않는 데다 꿀도 없어 벌, 나비가 찾아오지 않는다. 그래서 꽃이 지고 나면 열매를 맺긴 하는데 씨앗이 여물지 못하고 떨어져 버린다. 비늘줄기로 번식을 하기 때문에 구태여 이렇게 크고 예쁜 모양의 꽃을 피울 필요가 없는데도 꾸역꾸역 공을 들여 크고 예쁜 꽃을 피운다. 아마도 처음에는 열매로 번식을 하려다가 효율이 떨어져서 비늘줄기로만 번식하는 방법으로 바뀌었는지도 모른다.

어쨌든 8월이면 높은 습도와 온도 탓에 꽃이 피기 어려운데 이렇듯 훌륭하고 아름다운 꽃을 피우는 상사화는 여름 정원에서 대접받는 귀한 존재일 수밖에 없다. 팔월 하순이면 절정을 이루다가 꽃대가 다 스러지고 나면 상사화는 잊히는 꽃이 된다. 혹독한 겨울이 지나 이른 봄이 되면 넓은 선형의 잎이 언 땅을 뚫고 돋는다. 새잎은 수선화 잎과 제일 비슷해서 잎 사이에서 금방 수선화 꽃대가 올라오면 수선화 잎인 거고 보들보들한 잎만 20~30cm로 길이로 무성하게 봄 내내 있다면 그건 상사화다. 꽃을 만날 수 있을까 내내 그리워하다 6~7월이 되면 꽃을 결국 만나지 못하고 잎은 말라 버린다. 참으로 볼수록 불가사의 신기하기만 하다. 그러나 그것은 상사화의 깊은 뜻이니 나는 그저 바라볼 뿐이다.

이제 추운 겨울이다. 땅속에서는 언제쯤 싹을 틔우는 게 좋을까 고민하며 시간을 저울질하는 상사화의 비늘줄기가 추위를 견뎌내고 있겠지. 벌써 보고 싶어진다. 그들만의 희한한 삶이…….

보라 물결, 맥문동

　꽃들이 사라지고 단풍도 떨어지고 세상은 빈 나뭇가지만 남은 쓸쓸한 겨울이다. 주위를 돌아봐도 푸른 잎을 단 나무는 소나무 같은 침엽수만 보인다. 그런데 찬바람과 한파가 몰아치는 이 겨울에도 말라 죽지 않고 푸르름을 잃지 않은 풀이 있다. 눈이 하얗게 쌓여 있어도 푸른 기가 설설 뻗친 기상이 대단한 풀이다. 한여름에는 꽃과 열매가 무성하게 달려 있었을 마른 꽃줄기가 난초 잎같이 가늘고 길쭉한 푸른 잎 사이에 길게 달려 있다. 한여름의 푸르름은 아닐지라도 찬바람을 피해 땅에 납작 엎드린 모습으로 겨울을 나고 있다.

게다가 소나무 아래 심어 겨울의 살풍경을 누그러뜨리니 기특하고 대견하기까지 하다. 간혹 찌글찌글한 검은 진주알을 매달고 찬바람을 견디고 있는 풀.

바로 맥문동이다.

맥문동이란 수염뿌리 사이사이에 보리 모양(麥門)의 덩이뿌리가 있고 추운 겨울(冬)을 죽지 않고 지내는 풀이라는 뜻이다. 겨울이란 식물에게는 다음 해를 기약하며 잠시 몸을 숨기며 쉬어가

는 계절인데 찬바람에도 얼어 죽지 않고 견디는 맥문동의 강인함은 바라볼수록 신기하면서도 대견하다. 어찌 저리 하늘하늘하고 가녀린 몸으로 이 추운 날씨를 견뎌낼까 감탄이 나온다. 그렇게 강인한 모습으로 소나무 밑을 지키다가 봄이 오면 변신을 준비한다. 겨울을 견딘 잎들 사이에 푸릇푸릇 새싹이 돋고 처진 잎들에 생기가 넘치고 부챗살처럼 잎이 활짝 펼쳐질 때까지 서서히 시동을 건다. 그러다 뜨거운

여름 햇볕이 견디기 어려울 때쯤 상상 초월, 매력적인 보랏빛 꽃 막대가 여기저기서 터진다.

멀리서 보면 은은한 보랏빛 막대 모양 꽃이 평범해 보인다. 그러나 가까이 들여다보면 깜짝 놀랄 수밖에 없다. 꽃잎의 지름이 1cm가 채 되지 않는데 보통 6장의 꽃잎이 활짝 펼쳐지고 노란색 수술이 보라색과 깜찍하게 어울린다. 기다란 막대 모양의 꽃차례에 보라색 꽃이 다닥다닥 붙어 있는 특별한 모습을 하고 있다. 얼핏 보면 땅콩이 잔뜩 붙은 빼빼로를 세워놓은 것 같다. 그래서 꽃이 피기 시작하면 그때부터 빼빼로 잔치가 된다. 햇살이 작열하는 한여름에 보라색 꽃을 피우는 맥문동에 놀라게 되는 두 번째 이유다.

유럽의 여름엔 라벤더의 축제가 열린다는데, 라벤더에 절대 뒤지지 않는 아름다운 보랏빛 향연이 바로 맥문동 꽃물결이다. 끝없이 펼쳐지는 보라색 라벤더와 작열하는 태양 빛의 조화가 라벤더 축제의 멋이라면 맥문동은 따가운 여름 햇살 아래 싱싱한 초록의 이파리와 우아한 보라의 꽃 막대가 절묘한 조화를 이룬 것이 멋이다. 바람에 살랑살랑 흔들리는 꽃줄기에 찾아오는 벌들의 잉잉거리는 소리도 참 음악 같다.

키가 작은 맥문동은 그늘에서도 잘 자라서 나무 밑이나 정원의 구석에 심으면 좋다. 정원의 제일 좋은 곳을 차지하는 화려한 주인공은 아닐지라도 다

른 꽃들에게 좋은 자리를 양보하고 조연의 역할을 멋지게 완수하는 아주 참한 꽃이다.

한 번 더 놀랄 일이 있다. 한두 뼘 높이의 보라색 꽃 막대가 바래기 시작하면 새로운 세상이 열린다. 시든 꽃자루 사이로 초록의 동그란 구슬 같은 열매들이 삐죽삐죽 달리기 시작한다. 초록색이 청보라색이 되었다가 까만 흑진주가 되면 초록의 길쭉한 잎 사이에 한 뼘이나 되는 길이의 흑진주 목걸이가 열린다. 주렁주렁 빽빽하게 열린 목걸이는 아래로 처져서 늘어져 있기도 한다. 듬성듬성 제법 개성 있게 달린 흑진주 목걸이도 있다. 하나씩 집어 들어 목에 걸어 보고 싶다. 검은색이라고 표현하지만 그 색과 반짝임, 질감을 실제로 보면, 흑진주라고 해야 가장 근접한 표현이라는 걸 깨닫게 된다.

이렇듯 맥문동은 우리에게 사계절 즐거움을 준다. 사람들이 옷과 장신구를 바꿔가며 변신하듯 자신의 연약한 몸을 가지고 사계절 변신을 연출한다. 그때마다 감탄하는 것이 내가 맥문동에 줄 수 있는 최대의 찬사다.

다시 가을이 되니, 여기저기 쥐눈이콩만 한 까만 열매를 달고 있는 맥문동이 겨울 준비를 한다. 맥문동의 덩이뿌리는 차로 달여 마시면 기관지에 좋다고 한다. 평소에 기침을 많이 해서인지 그 효용 덕에 더욱더 예뻐 보인다. 또 NASA의 공기 청정 연구에서 맥문동이 암모니아 제거에 효과가 탁월하다는 결과가 나왔다고 한다. 특별히 주목받지 못하는 외모 때문에 잡초 취급을 받는 꽃에 이런 어마어마한 효능이 있다는 사실이 놀랍기만 하다. 우리가 주변에서 잡초라고 눈길 한 번 안 주던 식물은 사실 우리가 가르치지 않아도 모든 걸 해내는 우리의 스승이요, 함부로 취급할 수 없는 존재임을 다시 한번 깨닫는다.

맥문동, 너 참 대단하다!!!

열매가 더 예쁜, 좀작살나무

하늘이 파랗게 깊어지고 점점 가을 색이 짙어진다. 벌개미취, 층꽃나무, 맥문동, 쑥부쟁이 등, 가는 곳마다 보라색 꽃천지가 된다. 보라색은 고귀하고 위엄이 있는 색으로 알려져서인지 보라색 꽃을 보면 차분함과 우아함이 느껴진다. 가을의 보라색 꽃들 사이에서 꽃보다 더 예쁜 보라색 열매가 보인다.

좀작살나무 열매다.

마주난 잎 사이에 양쪽으로 쥐눈이콩보다 작은 보라색 구슬이 조랑조랑 달려 있다.

"어쩜 이리 매끄럽고 고울까."
"어쩜 이리 영롱할까."

햇빛 받아 알알이 반짝이는 자주색 구슬은 봐도 봐도 싫증 나지 않는다. 좀작살나무는 보라색 구슬 뭉치를 한 가지에 여남은 개씩 매달고 있다. 열매의 무게 때문에 낭창낭창한 가지가 축축 늘어지기도 한다. 어떤 금손이라도 저렇게 완벽하게 만들 수는 없을 거다. 보라색 열매의 맛은 어떨까 궁금하지만, 이렇게 예쁜 열매에 독성이 있어서 함부로 먹으면 안 된다. 그래도 새들한테는 먹이가 된다고 하니, 새들에게 양보하는 편이 나을 듯싶다.

맛보는 대신 손으로 만져 보니 말캉
말캉하다. 단단한 구슬 느낌인데 만져 보면 앵두를 만지는 것 같다.
심지어 몰캉한 속살 사이사이에 딱딱한 씨앗이 만져진다. 씨앗은 꼭
굵은 모래만 한 크기이고 길쭉하고 단단한 씨가 3알이나 들어있다. 지름
5mm 정도 크기의 열매 안에 과육이 있고 그 안에 단단한 씨앗을 품고 있는
핵과다. 복숭아나 자두처럼 말캉한 속살 안에 단단한 씨앗을 하나 또는 여러
개 가지고 있는 열매를 핵과라고 한다. 크기가 아무리 작아도 그 안에 자연의
질서와 규칙이 그대로 들어있다니 정말 놀랍다. 경외심까지 든다.

요렇게 예쁜 열매를 달고 있는 좀작살나무는 언제 꽃을 피웠을까. 좀작
살나무꽃은 자세히 들여다봐야 눈부시다. 여름 내내 잎겨드랑이 사이사이에
분홍의 꽃다발이 피어난다. 초록의 타원형 나뭇잎 사이에서 언뜻언뜻 분홍
색이 비친다면 가까이 가서 봐야 꽃의 모습을 볼 수 있다. 4갈래로 갈라져 뒤
로 젖혀진 분홍의 꽃잎과 그 속에서 길게 빠져나온 꽃술이 매력적이다. 꽃술
끝에 노란색의 꽃밥이 도톰하고 선명해서 폭죽이 터지는 듯 화려하다. 들여

다보면 볼수록 놀랍고 또 놀랍다.

이 작은 꽃 안에 모든 것을 갖추고 있다니…….

김춘수의 '꽃'이란 시에 '나의 이 빛깔과 향기에 알맞은 누가 나의 이름을 불러다오'라는 구절이 있다. 누가 나의 이름을 불러준다는 것은 나의 정체성을 설명해주고 규정해준다는 의미이다. 좀작살나무의 이름을 붙인 사람은 꽃과 열매는 보지 못하고 줄기와 잎만 대충 본 사람이 틀림없다. 줄기를 중심으로 마주 난 가지와 잎만 보고 작살을 떠올리고는 이름을 붙였나 보다. 그 이름도 좀작살나무의 빛깔과 향기를 담아내지 못하는데 꽃과 열매가 작살나무보다 더 작아 '좀'이라는 낱말을 추가로 붙였다. 그 후로 좀작살나무의 꽃과 귀여운 열매는 이름과 조화되지 못하는 운명으로 살고 있다. 그런데 좀작살나무의 영명은 *'Purple beautyberry'*이고, 속명인 *'Callicarpa'*는 '아름다운 열매'라는 뜻이다. 그들은 좀작살나무 열매의 진면목을 알아보았다. 내가 만약 이 나무의 이름을 다시 붙여줄 수 있다면 영명처럼 열매에 초점을 맞추고 싶다.

'자주(보라)구슬나무', '자주(보라)송송이', '자주(보라)방울'

작살나무라는 험하고 강한 어감보다는 앙증맞고 귀여운 느낌을 주는 이름으로 바꿔줬으면 좋겠다.

따가운 가을볕 아래 좀작살나무의 보라색 열매가 하루하루 짙어지고 있다. 보라색의 앙증맞은 구슬이 한 송이에 몇 개씩 붙어 있는지 하나씩 세어보다 한나절이 훌쩍 가버렸다. 이 가을, 한동안은 구슬 송이 앞을 떠나지 못할 것 같다.

출처 : 그는 나에게로 와서 꽃이 되었다/김춘수/시인생각 출판

따뜻한 추억, 은행나무

먼지 쌓인 채 오래 묵혀 있던 책이 어느 날 갑자기 눈에 띄어 그 내용이 궁금해질 때가 있다. 먼지를 툭툭 털고 이리저리 페이지를 넘기다 보면 책 사이에서 무언가 툭 떨어진다.

마른 은행잎들, 꽃잎들……. 이건 언제 끼워 넣은 걸까? 어디서 주웠을까? 책 읽는 것은 잠시 잊고 추억 속으로 빠져든다.

학창 시절에는 예쁜 꽃잎이나 단풍잎을 보면 꼭 책에 꽂아 말렸다. 그 마른 잎에 짧은 시를 쓰거나, 그림을 그려서 친구에게 선물하거나, 책갈피로 썼다. 그 시절의 습관이 아직도 남아 있어서 물든 낙엽이나 예쁜 꽃잎을 보면 손이 먼저 나간다. 생각 없이 자연스레 주워 책 속에 꽂아 둔다. 훗날 우연히 책을 꺼내 보다가 떨어지는 마른 잎들을 보면서 '이건 누구랑 갔던 공원에서 주운 거네', '이건 모양이 특이해서 주웠지' 하며 추억에 잠시 젖겠지. 이런 추억 놀이에 제일 많이 등장하는 잎이 바로 노오란 은행잎이다. 그래서 은행나무는 내겐 따뜻한 아름드리 추억 나무다.

단풍 든 은행잎을 자세히 들여다본 적이 있다. 은행잎을 보면 정말 단순하면서도 완벽하고 세련된 멋이 느껴진다. 줄줄이 늘어선 잎맥은 자로 잰 듯 가지런하다. 긴 잎자루는 한 묶음의 은행잎 꽃다발을 만들기 적당하게 길이 감이 있다. 은행나무는 꽃보다는 잎이나 열매로만 기억되기 쉬운데, 그 꽃을 본 적 있는 사람이 과연 몇이나 될까. 봄에 은행나무 밑을 지나다 보면 푸른 수꽃이 마치 벌레처럼 수북이 떨어져 있는 것을 볼 수 있다. 그것이 꽃이라고 알려주면 '세상에 이런 일이……'라는 표정으로 내려다본다. 고정 관념이 깨지는 순간이다.

가장 눈부신 탄성이 터질 때는 가을 햇빛이 은행잎에 비칠 때다. 노랗게 물든 은행잎에 햇살이 비칠 때는 온 세상이 황금 세상이다. 그저 그대로 하나의 작품이다.

햇빛 비치는 하늘에 은행잎을 비춰 보라. 투명해진 노란 잎은 순백의 황금처럼 순수하고 반짝반짝 빛난다. 우리가 쓰는 언어로는 표현하기 어려울 정도로 웅장한 아름다움이다. 햇빛이 비치는 노란 은행잎은 의미 없는 말을 멈추게 한다. 그래서 눈이 부시게 푸르른 날은 은행나무가 심어진 가로수 길을 무한대로 왔다 갔다 하면서 눈부신 하루를 보내기도 한다.

은행잎은 떨어진 낙엽조차 본래의 황금색을 잃지 않는다. 땅에 두껍게 깔린 은행잎 융단은 푹신하면서도 포근함을 준다. 심지어 벌레도 침범하지 않아 깨끗하다. 내게 넓은 정원이 생긴다면 암수 두 그루의 은행나무를 담 옆에 심고 싶다. 두 그루의 나무 사이에 벤치를 하나 놓고 그곳에 앉아 가을을 오롯이 즐기고 싶다. 잎이 노란 카펫처럼 바닥에 쌓이고 쌓여 푹신해지면 거기서 뒹굴어보고 싶다. 은행잎을 던지며 놀고도 싶다. 며칠이고 쓸지 않아 수북하게 굴러다니는 낙엽을 즐기고 싶다. 벤치에 누워 떨어지는 노란 은행잎을 바라보며 손 내밀어 맞아보고 싶다.

도시의 은행잎은 부지런한 빗자루질에 순식간에 사라져 버린다. 교통에 방해가 되고 지저분하고 사람들이 불편해한다는 이유로 낙엽이 주는 가을의 정취를 우리가 맘껏 누릴 수 있게 하지는 않는다. 나의 정원에서는 낙엽을, 특히 황금색의 은행잎 카펫만큼은 빗자루로 거두지 않고 눈에 충분히 담아 즐겨보고 싶다.

　은행나무 아래 놓을 벤치에서 느끼고 싶은 것이 또 하나 있다. 은행나무는 그 옛날 공룡이 번성하던 시대에도 왕성하게 존재했던 역사의 증인 같은 나무다. 영겁을 살아온 은행나무는 분명히 내가 어떻게 살아야 하는지를 알려 줄 것이다. 두 눈을 감고 가만히 들어보면 세월을 견뎌온 은행의 이야기가 들릴 것 같다. 조용한 시간에 가만히 누워 세월이 전하는 그 이야기 소리를 듣고 싶다.

겨울이 오면 은행나무는 또 다른 따뜻함을 준다. 은행나무의 거칠고 두툼한 줄기가 바로 그것이다. 거칠고 투박하지만 따뜻하고 엄격한 아버지의 손 같다. 차가운 한겨울에도 푸근하면서도 든든함이 느껴진다. 내 등을 거칠고 투박한 손으로 어루만지며 '걱정 말아라' 다독이던 아버지의 위로가 떠오른다. 은행나무는 오랜 세월 줄기에 코르크층을 쌓아 두툼해지므로 만져도 차갑지 않다. 줄기에 난 깊은 골은 연륜의 상징이다. 우리 아버지의 손도 그렇기에 은행나무는 나에게 위로와 세월이 주는 지혜, 결실과 추억의 따뜻한 나무인 셈이다.

Episode 3.

작가 정원

신소영

마음속 작은 사랑, 채송화

작고 귀여운 꽃을 좋아해요. 바짝 다가가 자세히 들여다봐야 보이는 그런 작은 꽃에 관심이 기울어져요. 작은 꽃들은 군락으로 옹기종기 모여 있어야 눈에 들어와요. 내가 이런 작은 꽃을 좋아하는 것은 취향도 있지만 어릴 때 많이 본 추억의 꽃이라서 더 그런 것 같아요.

어릴 적 마당이 있고 그 옆으로 화단이 있는 집에서 자랐어요. 화단에는 그리 특별한 식물이 있지는 않았지만, 측백나무가 있고 그 사이에 봉선화, 깨

꽃, 분꽃, 채송화 같은 정겨운 꽃들이 피어 있었어요. 채송화는 키도 작고 왜
소한 꽃이라 화단의 앞쪽에 잔잔히 피어 있던 꽃이었죠. 꽃이 시들어 쭈글해
지면 시든 꽃이 떨어지고 동그랗고 반짝이는 그릇을 엎어 놓은 듯한 게 나오
는데 그걸 살짝 잡아 빼면, 안에서 까맣고 반짝이는 씨들이 우르르 쏟아져 나
와요. 어릴 땐 그게 뭐라고 하나라도 흘리지 않으려고 손바닥에 올려놓고 터
뜨리곤 했어요.

어느새 나도 딸 둘을 키우는 엄마가 되어 어릴 때의 소소한 추억은 잊고
살았는데요. 그러다 아이의 과제를 위해 키운 분꽃이 꽃을 피웠을 때, 문득
채송화가 떠올랐어요. 갑자기 떠오른 채송화가 그리워지고 보고 싶어 키우
려고 했더니 도무지 씨를 구할 수가 없었어요. 서양 채송화는 있지만, 내 기

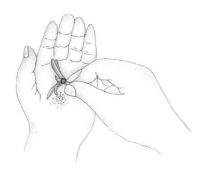

억 속 채송화와는 전혀 다른 모습이었어요. 이렇게 또 세월이 변했다고 생각하고 있다가 우연히 다시 채송화를 보게 되었어요. 시댁 뒷마당에서 발견한 채송화에 눈이 번쩍 뜨였어요. 오래된 화분에 살짝 올라온 건 내 어릴 적 추억의 채송화였죠. 내 마음속 작은 사랑의 꽃은 내가 자신을 찾고 있는 걸 알고 있었다는 듯 그렇게 우연히 또 나를 찾아왔답니다.

"아빠하고 나하고 만든 꽃밭에 채송화도 봉숭아도 한창입니다."

어린 시절 많이 불렀던 동요의 한 구절처럼 나의 어린 시절에는 채송화도 봉숭아도 주변에 흔히 볼 수 있던 꽃이었어요. 세월이 흘러 내가 두 딸의 엄마가 되었듯이 꽃도 세월의 흐름에 따라 변화한다는 걸 깨달았어요.

 채송화는 햇볕을 좋아하는 식물이에요. 꽃은 가지 끝에 달리고 꽃잎은 5개예요. 수술은 많지만, 암술은 5~9개이고 많은 씨를 가지고 있어요. 꽃은 7~10월에 핀답니다. 줄기는 가지가 많고, 수분이 많아 보이는 잎은 어긋나기로 되어 있으며 가늘고 긴 원형이에요. 꽃말은 청순가련함, 순진, 천진난만입니다.

같음, 나란함 그리고 어울림, 금낭화

나란히 쭈우욱 줄을 선 예쁜 모양의 꽃송이들을 보면서,

'어머나, 너희는 어쩜 이렇게 귀엽게 생겼니? 자매일까, 친구일까'

속으로 질문을 해 봐요.

많은 친구와 행복하게 줄 서 있는 모습을 보고 있으니 환한 미소가 떠나질 않아요. 분홍색 꽃들이 마치 그 색의 꿈을 꾸듯이 대롱대롱 나란히 달려

있는 모습은 마치 장난기 많은 천진난만한 아이 같아요. 아이 같은 금낭화를 보고 있으니 어린 시절 즐겨 했던 고무줄놀이가 생각나네요. 친구들이 나란히 고무줄 안으로 들어가 기차놀이를 했던 추억에 잠기기도 해요.

바람이 불어도 같이 흔들흔들~

통통하고 귀여운 얼굴들이 나란히 같은 움직임으로 흔들리네요. 나란히 줄 서 자란 금낭화꽃도 어느덧 하나가 되어 같은 꿈을 꾸는 모양이에요. 요즘은 사회가 개인 중심으로 흘러가지만 그래도 어울림은 필요한 것 같아요. 혼자의 부족함을 여럿이 채워줄 수 있기 때문이에요.

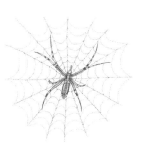

나의 수업도 어우러짐의 연속이에요. 여러 곳에서 온 수강생들이 책상에 나란히 앉아 그림을 그리면서 자연스럽게 어우러져요. 서로의 그림을 보고 꽃을 보는 순간만큼은 분홍빛 같은 꿈을 꾸게 된답니다. 젊고 나이 듦을

막론하고 그림 이야기로 어려움을 토로하거나 위로해주다 보면 어느새 친구가 되어 하나로 어우러져요. 함께 어우러져 수업을 즐기는 수강생들을 보면 하나의 줄기에 서로 없어서는 안 될 존재로 같은 꿈을 꾸는 금낭화를 보는 것 같아요. 수업 시간이 즐겁고 행복해지는 이유가 여기에 있다고 생각한답니다. 우리 모두 적어도 같은 꿈을 꾸는 그 순간만큼은 하나가 되어 행복과 즐거움을 만들어가요.

쌍떡잎식물에 여러해살이풀이에요. 40~50cm 크기로 자라요. 잎은 어긋나게 자라며 꽃은 5~6월에 줄기 끝에 나란히 달려 핀답니다. 열매는 긴 타원형이고 어린잎은 봄에 나물로 먹는다고 하네요. 다른 이름은 며느리주머니예요. 꽃말은 당신을 따르겠어요.

추억과 인연, 봉선화

건드리면 탁 하고 씨주머니를 터뜨리는 재미난 식물!
그 모습이 재미나서 찾아다니며 터뜨렸던 봉선화!

지금 생각하니 슬쩍 미안해지네요. 어릴 적에 마당이나 길가에서 흔히
볼 수 있었던 한해살이풀. 햇볕 잘 드는 곳에서 빨간 꽃, 분홍 꽃으로 피었다
가 지고 나면 털이 소복한 타원형의 봉오리로 변해가요. 엄지와 검지로 그 봉
오리를 살짝 누르면 탁 하고 터지면서 씨앗이 날아가요. 장난감이 많지 않았

던 어린 시절, 식물들은 때로는 즐거운 소꿉놀이가 되어 주고 때로는 살가운 친구가 되어 늘 나와 함께 해 주었어요. 지금 생각하면 여물지도 않았던 것을 억지로 힘을 줘 터뜨렸던 것 같아요. 어려서 충분히 여물어야만 잘 터지는 줄 몰랐기 때문이에요.

내가 어릴 때는 학교의 규정이 매우 엄격했어요. 머리, 교복 치마, 손톱 길이 등을 매주 월요일 검사하는 조회 시간까지 있던 때였어요. 이런 엄한 시기에도 봉선화로 손톱을 물들이는 일은 어느 규정에도 어긋나지 않았어요. 예쁘게 꾸밀 것이 별로 없던 시절, 손톱에 주홍빛 물을 들이는 건 연중행사라고 해도 과언이 아니었어요.

겨울이 올 때쯤 되면 손톱에서 봉선화 물이 없어질 때가 되어요. 첫눈이 올 때까지 손톱에 봉선화 물이 남아 있기를 기대했어요. 참으로 정감이 넘치던 시대를 살았던 것 같아요.

봉선화 잎과 꽃을 따 백반과 함께 빻은 후 손톱 위에 올리고 잎으로 감싸요. 비닐봉지를 위에 두르고 무명실로 돌돌 감아 묶으면 손톱 물들이기 과정이 끝나요. 이 작업은 저녁에 해서 아침에 일어나 풀면 되는데, 아침에 일어나 보면 2~3개는 빠져 있기도 해요. 손톱 주변은 쪼글쪼글해지고 손톱은 예쁜 주황색으로 물들어 있어요. 이렇듯 꽃은 추억을 담아요. 반려식물도 사람 사이 생기는 인연처럼, 추억으로 남아 특별한 인연이 되는 것 같아요.

봉선화꽃은 줄기와 잎 사이에 달려 밑으로 늘어지면서 넓은 꽃잎이 양쪽으로 펼쳐지는데, 그 뒤에는 꿀주머니가 밑으로 굽어 있어요. 수술은 5개이고 꽃밥이 서로 연결되어 있어요. 열매는 연두색 빛을 띠며 털이 보송보송하게 나 있어요. 꽃이 피는 시기는 7~8월이에요. 꽃말은 부귀, 아이 같은 마음씨랍니다.

마음을 움직이는 웃음, 미국부용

부용을 보면 환한 얼굴의 아름다운 여인을 보는 것 같아요. 저 멀리서도 깨끗하고 단아함이 느껴지는, 사람의 시선을 끌어당기는 매력이 있어요. 어두운 모습보다 밝게 웃는 모습을 사람들은 기분 좋게 받아들이는 것 같아요.

시원하게 생긴 부용~
부드럽게 생긴 부용~

저 멀리서 나를 보고 반기며 웃는 것 같아 더 좋답니다. 옛말에 웃는 얼굴에 침 못 뱉는다는 말이 있듯이, 부용을 보면 나도 저절로 미소를 머금게 되어요. 이런 밝고 명랑한 아이가 우리 정원의 주인공이 된다고 생각하면 기쁨이 한가득이랍니다.

어느 날 수강생 한 분이 저를 보고 웃으며 "너무 바빠서 과제를 못 했어요" 하더라고요. 얼굴 가득 미안한 웃음을 본 순간 "힘드셨겠어요"라고 말하게 되고, 웃음으로 마음이 마무리되었어요. 웃음은 사람의 마음도 움직이는 힘을 가지고 있나 봐요.

부용은 크고 부드러운 꽃잎에서 단단하고 견고한 열매가 맺혀요. 열매를 감싸고 있는 받침이 참으로 신기하게 생겼어요. 옛 영국 귀족이 입는 목에 장식이 들어간 봉긋한 옷을 연상하게 해요. 그래서인지 귀족 같은 고급스러운 자태가 느껴지네요. 백화점 입구에 들어서면 고급스러운 향수의 향이 마치 밝은 웃음으로 인사하듯 풍기는 것처럼, 부용도 우리 집의 이미지를 고급스럽게 꾸며주는 것 같아요. 다시 생각해도 내 정원의 주인공이 될 자격이 충분하답니다.

꽃은 8~10월에 피고, 키는 1~3m 정도로 큰 편이에요. 열매는 동그랗고 종자는 콩팥 모양이랍니다. 꽃말은 색마다 다른데, 분홍색은 '섬세한 아름다움'이고 흰색은 '정숙한 여인'이라네요.

정원의 슈퍼모델, 칸나

여름에 볼 수 있는 꽃 중 가장 화려한 데다 비 온 후에 바라보면 시원함까지 느끼게 하는 내 정원의 여름 주인공, 칸나!

슈퍼모델을 보면 화려하고 시원해 보여요. 이런 모습을 닮은 칸나가 참으로 부럽답니다. 큰 잎에 비해 꽃은 상대적으로 작아요. 8등신의 모델 몸매를 지닌 칸나. 부러워하지 않을 수 없어요. 그리고 여름의 강렬한 태양을 받으면, 계절과 너무나도 잘 어울리는 아이라는 걸 실감하게 된답니다. 여름 태

양의 강렬함과 정열이 칸나에 스며있어요. 잎도 풍성하면서 큰 것이 아주 마음에 든답니다. 보통은 작은 꽃을 더 사랑하지만, 칸나는 내게 다른 느낌으로 다가왔어요.

어린 시절에 키가 커서 뒤쪽에 줄을 섰던 나는 학년이 올라갈수록 앞쪽에 서게 되었어요. 키가 큰 아이들은 뒷자리에 앉았는데, 뒤쪽에 앉은 아이들은 선생님의 눈을 피해 딴짓을 할 수 있을 것으로 생각했기에 키가 큰 아이들을 부러워했어요. 아무래도 앞자리에 앉으면 선생님과 가까워 뒷자리보다 수업에 더욱 집중해야 하는 데다 딴짓은 시도조차 할 수 없다고 생각했던 것 같아요. 지금 내가 강의를 해보니, 사실 어느 자리든 다 잘 보인답니다.

서두에도 슈퍼모델 이야기가 나오지만 나는 강의를 할 때도 슈퍼모델 이야기를 자주 해요. 식물 사진을 찍어 오면 사진의 각도에 따라 오종종하게 찍혀 오는 경우가 많답니다. 수강생들에게 그림을 구성할 때 식물도 슈퍼모델처럼 시원하게 그려보라고 해요.

여름이 가고 가을이 올 때 칸나에 털이 부숭부숭한 씨앗이 생겨요. 열매가 되알지게 여물면 그 안에 아주 단단한 씨앗이 생겨요. 칸나를 조사하다 보니 전쟁 때 총알이 부족하면 칸나를 총알 대신 사용했다는 이야기가 있더라고요. 그만큼 단단하다는 의미 같아요. 칸나는 뿌리로 번식하지만, 씨앗으로도 번식한다고 하네요. 올가을에는 슈퍼모델 칸나의 씨앗을 받아 볼까 합니다.

외떡잎식물이며 여러해살이풀이에요. 키가 1~2m로 자라며 잎은 30~40cm 길이의 넓은 타원이고 줄기를 감싸고 있어요. 뿌리는 기르스름한 굵은 덩어리예요. 꽃은 여름부터 가을까지 피며 줄기 윗부분에 달려요. 열매는 잔돌기가 있고 동그스름해요. 씨앗도 동그랗고 딱딱한 검은색이에요. 꽃말은 행복한 종말, 존경이라네요.

함께라서 빛나는 꽃, 포천구절초

국화과의 꽃을 보면 가을이 떠오를 정도로 가을이 되면 국화과 꽃이 산과 들에 많이 피어납니다.

잔잔하고, 소박하면서 어울림이 있어야 예쁜 꽃!

국화과를 정원에 심으면 가을을 흠뻑 느낄 수 있어요. 정원 한쪽에서 풍성하게 자라 서로의 소박함을 즐기며 어우러져 있는 모습은 은은한 느낌을 준답니다.

멀리서 볼 때 더 멋진 사람이 있고, 혼자보다 여럿과 함께 있을 때 더 빛나는 사람이 있어요. 구질초가 그렇다고 생각해요. 소박하고 한없이 여린 모습이지만, 군락으로 있을 때 빛을 발해요. 잔잔한 꽃들이 모여 화려함을 발하는 그런 아름다움.

사람도 함께 있으면 이야기가 되고 웃는 모습이 활기차지고 아름다움이 한층 커져요. 나이가 드니 혼자라는 게 왕왕 힘들 때도 있어요. 늘어져 있는 시간보다 활기찬 시간이 더욱 필요한 노년 시기에는 취미생활과 어울림이 더더욱 필요하다는 생각이 드네요. 나와 같은 생각을 하는 사람들에게 추천하고 싶은 게 바로 "보태니컬아트"예요.

이어짐과 연결 고리를 짓자면, 정원 식물을 보태니컬아트로 표현하면서 하나하나 기억에 담을 수 있는데, 이 시기에 내 정원 식물은 이랬구나, 하는 기록이 될 수 있어요. 정원 식물과 그림이 하나로 이어지며 나를 연

결하는 연결고리가 되는 것이지요. 또한, 보태니컬아트는 나를 돌아보고 성장하게 하는 힘이 있어요. 정원 꽃을 관찰하고 그리는 과정에서 인내와 이해를 알아가고 배우며 성장하기에 이런 작업이 그림을 그리는 본인분만 아니라 나와 연결된 가족들에게도 기쁨과 행복을 준답니다. 내 기쁨과 안정이 파동으로 일어 가족들에게도 전달되기 때문이에요.

구절초가 잔잔하게 모여 있을 때 아름답듯, 나도 소박하고 잔잔함이 묻어나는 화합을 이루며 아름답게 성장할 수 있어요.

우리 다 함께해요~ 꼭!

음력 9월 9일이면 아홉 개의 마디가 생기는데 약으로 쓸 때 약효가 가장 좋은 시기라 히네요. 치음 꽃대는 분홍빛이 도는 흰색이고 개화하면서 흰색으로 변해요. 반그늘에서 잘 자라요. 구절초의 꽃말은 어머니의 사랑이에요.

Episode 4.

아빠 정원

박주경

꽃향기가 감미로운, 으름덩굴

무더위가 기승을 부리던 때가 엊그제 같은데 벌써 처서가 지나고 이슬이 내린다는 백로다. 소나기가 한바탕 퍼붓더니 이내 뭉게구름이 피어오르고 파아란 하늘이 드높다. 단독주택에 이사 오기 전부터 심겨 있어 반지하에서 1층 난간까지 무성히 자란 삼엽으름의 잎들이 이따금씩 불어오는 바람에 잔잔한 물결을 일으키며 일제히 나부낀다. 그 사이에서 탱탱하게 익어가는 으름 열매가 풍요롭다.

우리 집에는 삼엽으름 말고도 1층으로 올라가
는 계단 바깥쪽 난간으로 오엽으름이 또 있다. 오엽으
름은 잎은 두껍고 반들반들한데 삼엽으름보다 열매가 작고 거
칠다. 으름은 성장력이 좋아 일단 뿌리를 내리면 하루에도 줄기가
몇십 cm씩 자란다. 4월 말에서 5월 초에 방울방울 작은 보라색 꽃이 소박하
게 짙은 향기를 내뿜으며 핀다. 아침이면 가슴 속에 들어오는 감미로운 으름
꽃 향기가 마음을 맑게 하고 행복을 주는 것 같다.

　으름은 한 나무에 암꽃과 수꽃이 따로 피는데 큰 꽃이 암꽃이고 작은 꽃
이 수꽃이다. 6개의 작은 수술이 있는 것이 수꽃이고 3개에서 6개의 시곗바
늘 같은 암술이 있는 것이 암꽃이다. 으름은 9월 말경이면 옅은 황토색 껍질
의 열매가 벌어지고, 씨는 조금 많지만 맛이 마치 바나나 같아 '한국 바나나'
라고도 불린다.

열매 속살이 차가운 얼음처럼 보인다고 해서 얼음으
로 불리다가 으름이 되었다는 속설이 있는 것을 보
면 우리에게는 꽤 친숙한 식물인가 보다. 그도

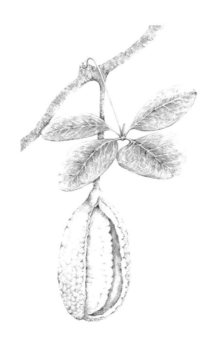

그럴 것이 꽃과 잎의 새순은 차를 달여 먹고 열매는 잔주름을 예방하고, 줄기
와 뿌리는 고혈압을 낮추고 이뇨와 생리통에 좋다고 하니, 버릴 것이 하나도
없다.

으름나무 아래 손바닥만 한 텃밭에서 봄부터 식탁을 풍요롭게 했던 상추
를 뽑고, 그 자리에 심었던 고추와 가지를 다 걷어내니 두 바구니나 된다. 고
추는 빨간 것을 골라 햇볕에 말려서 김장용으로 쓰고, 푸른 고추는 내가 좋아

하는 열무김치를 담는 데 쓸 것이다. 잡풀이 자란 밭을 갈아엎어 풀을 제거하고 오라인으로 주문한 퇴비를 뿌리고 열흘을 묵혀 두었다. 90일 김장배추를 담기 위해서는 적어도 9월 초에는 모종을 심어야 한다. 추석 벌초를 다녀오다가 비닐 타공삽을 사고 무와 배추 모종도 각각 서른 개씩 사다 놨었다. 흙을 정리하여 세 줄로 둔덕을 만들고 조심스럽게 검정비닐로 덮는다. 조금 좁다 싶게 30cm 간격으로 타공하고 모종을 심은 다음 잡풀이 못 자라게 흙으로 덮으니 어느새 늦은 오후의 햇빛이 감나무 잎 사이로 쏟아져 들어온다.

땀을 식히려고 하는데 산을 좋아하는 친구에게서 전화가 왔다. 산을 오가며 숲 속 큰 바위 옆에 으름덩굴이 있어서 그렇게 반가웠는데 며칠 전에 가 보니 누가 열매를 남김없이 다 가져가고 하나도 남아 있지 않다며 낙담하는 전화였다. 아파트에 사는 그 친구는 몇 년 전 우리 집에 와 으름이 열린 것을 보고 부러워했었다.

올여름에는 그리 가깝지 않은 분의 동생네가 단호박을 심었다며 한 상자를 보내와 호박죽을 끓여 먹었다. 얼마 전에는 시골에 사는 친구가 고구마를 보내오지를 않나, 직원 부모님이 찰옥수수를 보내준 덕에 이웃과 나누며 풍족하게 지냈다. 나눔의 기쁨을 알게 되니, 항염 작용을 한다는 으름 효소를 친구에게 보내고 싶어졌다. 열매가 조금 더 살이 찌면 벌어지기 전에 잊지 않고 친구에게 보내주리라.

경건한 빛이 들어오는, 낙상홍

기온이 뚝 떨어져 찬 바람이 불고 나뭇잎 사이로 작은 파문이 일며 잎이 우수수 떨어진다. 잔잔해지는가 싶더니 이내 낙엽들이 바람에 흩날린다. 떨어지면서 외줄 거미줄에 매달린 낙엽 하나가 마치 작은 풍경과 같이 매달려 좌로 빙그르르 우로 빙그르르 돈다. 작은 바람에도 그네를 탄다.

이른 봄에 꽃이 피는 벚나무는 8월부터 단풍이 물들기 시작하더니 일찍부터 한 잎 두 잎 나뭇잎이 낮은 곳으로 떨어지기 시작했다. 9월이 오면서는 감나무, 모과나무 잎은 매일 쓸어도 조금씩 조금씩 떨어져 쓸어낸 만큼 쌓인 다. 이즈음이면 도토리거위벌레가 도토리에 알을 낳고 가지를 잘라 잎을 숲 으로 떨어뜨리는데, 떨어뜨린 잎이 도로에도 떨어지는 경우가 있다. 이유를 아는지라 그것을 모아서 버리지 않고 하나씩 주워서 숲 쪽으로 던져준다.

　집으로 들어오는 입구 모퉁이 비탈에 미국 낙상홍 가지가 열매의 무게를 못 이기고 도로 쪽으로 축 늘어져 있다. 낙상홍꽃은 6월에 밤꽃과 함께 핀다. '명랑'이라는 꽃말을 지닌 흰색 꽃이 보일 듯 말 듯이 잎겨드랑이에 올망졸망 하게 핀다. 우리나라에 들어온 낙상홍은 외래종이다. 일본 낙상홍도 있는데 붉은 자색 꽃을 피우고 잎과 열매가 조금 작다. 낙상홍은 추위에 강하고 음지 에서도 잘 자란다. 낙상홍(落霜紅)은 이름에서 보듯이 서리가 내린 뒤에도 구슬 같은 붉은 열매가 달려 있다. 10월이면 옅
은 녹색의 열매는 붉은색을 띠지만 푸른 잎은 오랫동안 유지하다가 11월이면 작은 가지의 나 뭇잎부터 노란색으로 물들어 떨어지기 시작하 고 12월이 되면 잎은 흔적도 없이 사라지고 붉 은 열매만 남는다.

낙상홍의 붉은 열매는 '사랑의 열매' 상징인 백당나무 열매 같다. 하나둘 찾다 보면 '사랑의 열매' 모양도 찾을 수 있다. 낙상홍 열매도 사랑을 실천하라는 말을 전하는 것만 같다. 겨우내 붉게 매달려 있는 열매는 크리스마스 즈음에 내린 소복한 흰 눈 덕에 마치 눈 속에 핀 꽃처럼 크리스마스 분위기를 자아낸다. 그래서인지 미국인들은 이 열매를 크리스마스 치어(Christmas Cheer)라고도 한다.

어느 가을 아침에 나뭇잎이 물드는 그즈음 낙상홍 나뭇잎 사이로 쏟아져 들어오는 햇살을 보았다. 뭐랄까. 그건 흡사 성당의 스테인드글라스를 뚫고 십자가 고상을 경건하게 비추는 햇살과 같았다. 나는 그것을 보태니컬아트로 담고 싶었다. 마치 토마스 머튼의 '영적일기'에서 미사가 끝나면서 받은 경건한 믿음의 빛이라고나 할까. 노랗게 변색 되고 있는 잎 사이로 눈이 부시게 들어오는 신비로운 빛이 옷매무새를 가다듬게 한다.

완연한 가을이다.

벌써 오래전부터 낙엽을 쓸고 있다.

벚나무 잎은 가장 먼저 졌고 은행나무와 참나무 잎도 한꺼번에 우수수 떨어져서 나목이 된 지 오래다. 단풍나무 잎은 며칠을 두고 떨어지면서 운치를 자아내더니 낙상홍 잎과 함께 이내 자취를 감추었다. 그래도 안젤라라는 장미의 잎 일부가 남아 여전히 푸르지만.

낙엽은 한 번에 다 쓸어낼 일이 아니다.

지난 한 해 동안 잎이 나고 꽃이 피고 푸르렀음을 얼마나 찬미했던가.

그리고 가물어서 비가 오지 않았을 때 얼마나 가슴 저미었던가. 어느 시인은 노래했지. '한 잎 두 잎 나뭇잎이 낮은 곳으로 내려앉는다'고. 그래서 찬란했으나 고통도 함께했던 한 시절을 음미하며 낙엽을 쓸어야 한다. 작은 회오리바람이 심술을 부려 낙엽을 '훅~' 하고 날려 버릴 때도 있지만, 쫓아가면서 쓸 일은 아니다.

낙엽은 천천히 쓸어야 한다.

지난 한 해 동안 내 안에 있었던 욕심과 교만, 번뇌와 절망, 미움과 불신,

분노와 갈등을 버리는 마음으로 천천히 쓸어야 한다.

나를 위해 기도하고 친절을 베푼 사람들을 아프게 하지는 않았는지.

스스로 규정한 정의를 앞세워 사람들을 섣불리 비난하지는 않았는지.

나로 인해 고통을 받은 사람은 없었는지.

도움이 필요한 사람에게 다가가지 않고 도리어 피하지는 않았는지 생각
하면서 천천히 아주 천천히, 쓸어야 한다.

신은 자비로우시므로…….

낙상홍 나뭇잎 사이로 쏟아지던 경건한 빛이 천천히 낙엽을 쓰는 내 마
음으로 시나브로 안착한다.

엄마의 손등 같은, 돌단풍

집으로 들어오는 길가 경계석 위 바위틈에 돌단풍을 심었다. 바위와 바위 사이에 틈만 있으면 양지건 음지건 돌단풍을 많이 심었다. 겨울은 지나고 아직도 잔설이 남아 있는 춘삼월인데 양지바른 바위틈에서 붉은색을 띠는 돌단풍 꽃망울이 몽실몽실 조심스럽게 하늘을 향해 기지개를 켠다. 겨울에는 꽃눈과 잎눈을 감추고 있다가 올라오는 것이다.

우리나라 토종식물인 돌단풍은 돌나리라고도 하는데 비교적 추운 지역인 경기 이북과 강원도에 주로 서식한다. 물 빠짐이 좋은 바위틈 마사토를 좋아하는 돌단풍은 틈이 생긴 모양대로 뿌리가 형성되고, 겨울이면 꽃눈과 잎눈을 감추고 있다가 잎이 함께 올라온다. 겨울의 모진 추위를 이겨낸다고 해서 꽃말이 '생명력', '희망'이다.

영하 10도 이하의 얼음 속에서도 겉으로 드러난 뿌리가 겨울을 견디는 것은 비늘조각 모양의 거친 막질(膜質)로 싸여 있어서이다. 둥근 원통 모양의 어린줄기가 곧게 올라오는 것은 이 막질로 된 포(苞)가 감싸주기 때문이다. 줄기가 곧추서면서 잎도 따라 올라오는데 작은 쌀알 같은 꽃봉오리가 하얗게 변하면서 꽃잎을 터트리는 것을 보면 신비롭기조차 하다. 다른 봄꽃들이 피기 전인 4월이면 잎이 무성하고 이팝나무꽃처럼 마치 쌀알을 퍼뜨려 놓은 것 같은 흰 꽃이 활짝 핀다. 7월이면 벌써 노랗고 빨간색의 단풍이 들기 시작하고 가을이 시작될 무렵이면 애석하게도 잎이 하나둘씩 말라 일찍 다음 해를 준비한다.

돌단풍의 잎이 지고 짙은 갈색의 뿌리 등거리가 훤히 보이는 모습을 보면 살아생전에 고생하셨던 엄마가 생각난다. 나이가 들어서도 철이 없던 나는, 엄마를 어머니라 부른 적이 없다. 아버지가 일찍 돌아가시고 나이가 드신 엄마의 거처를 분당의 우리 집과 회사 중간쯤에 마련해드리고 출퇴근하며 들르곤 했다. 이제는 편안하게 사시는가 했던 엄마에게 갑자기 뇌출혈이 왔고 병원에서 치매를 얻어 나오셨다. 병이 호전되어서 동네 경로당에도 나가고 성당도 열심히 다니셨는데 코로나로 집 밖을 못 나가셔서 그런지 내가 들르는 시간이면 문 앞을 서성이셨다. 내가 일이 있어 못 들른다고 얘기를 해도 금세 잊어버리시고 매일같이 자식을 기다리신 엄마는 그렇게 추운 겨울 막바지에 돌아가셨다.

내가 10살 때였다. 국민학교 3학년 초에 좁은 시골 동네를 떠나온 우리 식구는 비포장 영등포의 신풍시장 끝자락 주택이 밀집한 곳에 살았었다. 시골에서 농사만 짓다 올라온 엄마는 시장에서 주택으로 들어오는 모퉁이에서 호떡 장사를 했다. 아침에 일어나 보면 호떡을 만들기 위해 이스트로 발효

시켜 부풀려놓은 밀가루 반죽이 큰 대야에 가득 찼던 기억이 난다. 오후 늦게 2부제 수업을 하고 돌아오는 길에 엄마가 장사하는 곳을 들르곤 했는데 부지런히 호떡을 팔아야 했던 엄마는 나에게 줄 것까지는 없었던가 보다. 돌아가시기 전까지 '호떡 하나라도 아들에게 줄걸' 하시면서 크게 미안해하셨다.

지금의 내 나이보다 훨씬 젊었었던 엄마는 손수레에 의지하여 다른 장사도 하셨는데 겨울이면 거칠어진 손과 늘 터지고 갈라졌던 엄마의 손등이 생각나 지금도 가슴이 아리다.

우리 집에 오실때 영산홍이 피면 영산홍 앞에서, 장미꽃이 피면 안젤라 앞에서, 꽃범의꼬리 꽃이 피면 그 앞에서 사진을 찍으시며 환하게 웃던 엄마. 돌단풍 뿌리등걸같이 비가 오나 눈이 오나 손이 터지도록 억척스럽게 사신 엄마는 사진에선 웃으시며 "이제 정원 일은 그만 쉬엄쉬엄하거라"고 내게 말하는 것 같다.

이제는 사진으로밖에 볼 수 없는 엄마 얼굴을 보면 불현듯 최인호의 '인연'이라는 글이 생각나 눈시울이 뜨거워진다.

"어릴 때 나는 아버지와 어머니의 다리를 주물러드리곤 했다. 나는 아버지와 어머니의 전속 안마사였다. 어릴 때 돌아가신 아버지에 대한 기억은 그다지 많지 않지만, 가끔 난 내 손바닥에 잠들어 있는 아버지 근육의 질감을 느끼곤 한다. 그리고 어머니의 푸석하게 마른 피부의 질감도. 살아있던 사람들이 세상을 떠난다고 인연이 끝나는 건 아니다. 우리들의 인연은 여전히 계속되고 있다. 나는 내 손바닥에 여전히 남아 있는 그들의 체온으로 그걸 느낄 수 있다. 오래전에 돌아가신 부모님의 영혼이 내 손바닥의 무늬로 남아 있다."

출처 : 인연 / 최인호 / 랜덤하우스코리아

왕벚나무 아래의 우정, 무늬둥굴레

해가 짧아져 조금은 어둑한 새벽에 반려견 지니와 함께 산책을 할 때면 어김없이 만나는 두 노인이 있다. 아마도 두 분은 길 건너에 새로 입주한 아파트에 사시는 것 같다. 키가 큰 노인이 지팡이를 짚으면서 앞서고, 키가 작은 노인이 두세 걸음 뒤에서 따라간다. 여든 살은 훨씬 넘은 두 사람은 친구 사이 같기도 하고, 키가 작은 노인이 언제나 뒤에서 따라가는 걸 보면 혹시 옛날에 직장 상사와 부하직원이 아니었을까라는 생각도 해 보지만, 그렇지 않으리라고 마음을 고쳐먹고 물어보진 않았다. 아무런 말도 없이 천천히 걷는 발걸음 하나하나가 얼마나 신중한지 마치 군인들의 행군을 보는 것 같다.

"안녕하세요" 하고 인사를 하면 키가 큰 노인이 "안녕하십니까" 하고 정중한 말투로 답이 돌아온다. 목소리는 작지만 상당히 예의가 있어서 노인이라기보다는 어른이라고 부르고 싶다. 이른 아침 동네로 들어오는 앞길을 빗자루로 청소할 때는 들릴 듯 말 듯 작지만, 품위 있는 목소리로 "수고가 많으십니다"라고 한다.

나도 저분들과 같은 나이가 되면 저렇게 단정하게 살 수 있을까? 좋은 친구와 매일같이 함께 걸으며 우정을 나눌 수 있을까?

벌써 10년은 됐을 것 같다. 공주로 내려가 부인과 같이 어린이집을 운영하는 친구 집에서 둥굴레를 얻어와 심었다. 그당시 둥굴레차는 알았어도 둥굴레는 몰랐는데 잘 퍼지라고, 마당 남쪽 개울 쪽으로 난간이 있는 곳 화초들 사이에 심었다. 종이 다른 무늬둥굴레는 집 밖 벚나무 아래에 심었는데 주변에 오미자 덩굴이 자라고 영산홍이 작은 바위 사이로 심어져 있는 곳이다. 둥굴레는 더위에는 약하고 추위에 강해서 그늘진 곳이나 나무 밑에 심으면 좋다. 위쪽 비탈에는 보라색 붓꽃이 있고 돌나물과 머위가 퍼져 있다. 무늬둥굴레는 누가 보지 않아도 옹기종기 모여 여러 해를 함께하고 있다. 둥굴레는 잎과 잎맥의 모양이 '둥근 모양'이라고 해서 붙여진 이름이다. 잎겨드랑이에 4월이면 피는 작은 종 모양의 꽃은 아래로 향하고 녹색이 감도는 흰색인데 꽃차례로 한두 개씩 귀엽게 핀다. 길이는 1cm가 조금 넘는 듯하다. 자세히 보면 뿌리 쪽 첫째와 둘째 잎, 그리고 줄기 끝 둘째와 셋째 잎 사이 겨드랑이에는 꽃이 피지 않는다.

둥굴레는 여러해살이풀로 종류도 많다. 산둥굴레, 층층둥굴레, 좀둥굴레, 각시둥굴레, 무늬둥굴레, 아기둥굴레 등등……. 둥굴레는 종류가 많지만 크기가 좀 큰 무늬둥굴레는 우리나라가 원산지이다. 무늬둥굴레는 우리나라 전국 각지에서 볼 수 있는데 넓은 타원형 잎사귀 끝에 하얀 줄무늬가 있다. 또한, 그늘이 잘 드리우는 나무 밑에서 잘 자란다. 내가 좋아하는 구수한 둥굴레차는 구수하고 은은하여 마시면 "바로 이 맛이야" 하는 우리나라의 맛인데 만성피로에 좋다. 뿌리와 줄기는 정신을 맑게 하고 당뇨에 좋으며 기미·주근깨를 없애고 얼굴색을 좋게 한다. 한방에서는 황정(黃蒻)이라고 하여 정력

에 좋다고 하는데 산속의 불로초에 관한 전설이 이를 말해주고 있는 듯하다.

보태니컬아트를 배우고 처음으로 그린 그림이 둥굴레다. 그래서 단순하지만 정이 더 간다. 지난 4월에는 국립생태원에서 발간한『우리 들꽃 이름의 유래』에 내 작품이 소개되어 은근히 뿌듯해한 적도 있다.

보는 이 없어도 잎겨드랑이에서 두개씩 피는 둥굴레꽃을 오랫동안 보노라면 그 친구 생각이 난다. 젊어서 큰 직장에 다니면서 업무상 과음과 스트레스로 병을 얻은 친구는, 제2의 고향으로 내려가 이제는 자연인이 다 되었다. 멀리 있어도 우정을 잊지 않게 해주는 둥굴레의 꽃말이 '고귀한 봉사'이다. 우정보다 더 고귀한 봉사가 있을까. 언제까지 지속될지 모르지만, 아침마다 보는 두 어른같이 친구와 나의 인연이 오래도록 변치 않았으면 좋겠다.

나른한 한여름의 기다림, 능소화

　백현동으로 이사 오면서 지하층으로 내려가는 계단 바깥으로 능소화 두 그루를 심고 계단 위로 철제 아치를 만들어주었다. 아치 아래쪽으로는 덩굴장미 함부르크휘닉스를 심었는데 둘 다 왕성한 생장력으로 서로의 영역을 다투어 침범한다. 능소화 줄기는 흡착근이 있어 담장이고 철제 울타리고 찰싹 달라붙어 마당 쪽으로 휘어졌는데, 꽃이 필 때면 수백 개의 분홍색 꽃이 피고 지고 하는 모습이 처연하기도 하다. 이해인 수녀님은 '능소화 연가'에서 능소화가 흔들리는 모습을 보고 "이렇게 바람 부는 날은 당신이 보고 싶어

내 마음이 흔들린다"고 했다.

눈을 감고 어린 시절을 떠올린다. 그 옛날 마당에서도 고추잠자리가 마당을 맴돌았지. 그때는 지금보다 더 많았었는데. 엄마는 이 땡볕에 밭에 가시며 나 먹으라고 소쿠리에 감자와 호박잎을 쪄놓고 보리밥을 해서 삼베로 된 보로 덮어놓으셨다. 이맘때에는 부잣집의 높은 담장 안에 심겨 있는 능소화를 볼 수 있었는데 그래서인지 능소화를 '양반꽃'이라고도 했다. 능소화 꽃가루에는 독성이 없지만, 눈에 들어가면 눈이 먼다는 이야기가 있어 아이들은 가까이 다가가지 않았다. 여름날의 하늘은 높아가고 어디선가 어린 고추잠자리 한 마리가 마당을 선회하다 지쳐 능소화꽃이 떨어진 작은 가지에 나른한 자태로 앉았다. 내게도 나른한 여름이다. 능소화는 여전히 작은 바람에도 하늘거린다.

능소화는 중국에서 건너왔다. 능소화꽃은 가지 끝에 원추꽃차례를 이루며 피는데 줄기 쪽에 먼저 핀 꽃이 지면서 가지 끝 쪽으로 새로운 꽃이 피어난다. 꽃잎은 다섯 개로 무궁화꽃처럼 끝이 둥근 깔때기 모양으로 바깥으로 벌어져 있다. 미국 능소화도 있는데 꽃과 잎의 색깔이 짙고 꽃대롱이 길며 꽃지름은 작다.

능소화에 얽힌 이야기가 많은데 그중의 하나가 임금과 궁녀 소화의 이야기이다. 임금이 처소에 이제나 올까, 저제나 올까 기다리던 소화가 죽으며 담벼락 가에 묻혀서라도 임금을 기다리겠노라 하였다는 슬픈 전설이다. 능소화는 박완서의 소설 '아주 오래된 농담'에서도 나온다. 집 베란다에 능소화꽃이 만발한 것을 보고 주인공인 영빈과 현금의 사랑과 욕망을, '발밑에 불꽃이 온몸을 핥는 것 같아 황홀해지곤 했다'고 표현하고 있다. 이렇듯 주홍색의 농염한 능소화의 꽃말은 꽃 모양을 보고 '영광, 영예'라고도 하지만, '기다림, 여성'이라고도 한다.

우리 집 능소화는 꼭 장마철인 7월에 피기 시작한다. 한바탕 소나기가 지나간 후 비에 못 이긴 능소화가 후둑후둑 떨어진다. 이내 정원에 땡볕이 내리쬐는데 어디서 날아왔는지 호랑나비 한 마리가 나풀거리면서 긴 흡착관으로 꽃대롱에 얼굴을 처박고 꿀을 빨고 있다. 능소화꽃이 필 즈음이면, 그 옆에 심어 놓은 뜰보리수의 붉은 열매 중 반은 떨어지고 반은 직박구리의 잔칫상이 된다. 그중의 한 마리가 능소화 잎새 사이로 몰래 들어와 장난을 하는 건지 달콤한 꿀을 먹는 건지 주변을 살펴 가며 꽃 속을 쪼아 댄다.

능소화꽃 아래 사철나무 울타리에는 무당거미가 거미줄을 치고, 아래에서는 비비추꽃과 여름국화가 바람에 하늘거린다. 조그만 돌우물에서는 부레옥잠 꽃대가 솟아올라 연보라색 꽃을 뽐낸다.

고결한 아름다움, 클레마티스

"우측통행을 합시다!"

초등학교 6학년 학급회장이었던 나는 월요조회가 있는 날, 운동장 교단에 올라 선생님이 쪽지에 적어준 '좌측통행을 합시다' 대신에 큰소리로 "우측통행을 합시다"라고 외쳤다. 당시에는 매주 학생들이 지켜야 할 학훈을 고학년의 학급회장이 발표하게 되어 있었다. 순간 운동장에 도열해 있던 학생들의 깔깔대는 웃음소리가 들려왔다. 내 얼굴은 홍당무가 되었고, 뒤에 서 있던 교감 선생님의 정정으로 가까스로 수습되었지만 무서운 얼굴이 아직도 기억에 생생해 지금까지 트라우마로 남아 있다.

나는 어렸을 때 왼손잡이였다. 그래서 시골에서 살 때는 놀림을 많이 받았다. 늘 일손이 부족했던 시골에서는 아이들도 각자 몫의 일을 해야 했다. 열 살도 안 된 나는 봄이면 들에 나가 논둔덕에 있는 소에게 먹일 꼴을 베다가 망태기에 가득 담아오곤 했다. 그런데 손에 익숙하지 않은 어른들이 쓰는 오른손잡이용 낫으로 어설프게 풀을 베다가 오른손 엄지손가락 밑 엄지 두덩이를 크게 베이고 말았다. 당시에는 시골에 마땅한 의원이 없어서 서울로 먼저 올라가신 아버지를 엄마와 함께 찾아가서 상처를 꿰맸던 기억이 난다. 지금도 그 흉터는 마치 전장에서의 상흔처럼 남아 있다.

「혼자 피는 꽃은 없다」

흔히 5월의 꽃은 장미라 하지만 우리 집은 산 밑에 있어서 그런지 장미가 6월에 핀다. 5월에 피는 꽃은 집으로 들어오는 진입로 양쪽

에 늘어져 핀 공조팝나무꽃과 담장 너머로 하늘 높은 줄 모르고 뻗쳐서 피는 만첩빈도리와 큰꽃으아리라고 하는 클레마티스이다. 공조팝나무꽃과 만첩빈도리는 흰 꽃이라 느낌이 다가오지 않지만 클레마티스는 다르다. 뭐랄까. 고결하다고 할까? 고혹하고 원숙한 중년 여인에게서 풍기는 기품이라고 할까? 꽃말인 '당신의 마음은 진실로 아름답다'에서 볼 수 있듯이 꽃 속에 아름다움의 진실이 깃들어 있는 것 같다.

　　우리 집에는 세 종류의 클레마티스가 있다. 철제 아치에 붙어 있는 벨라오브워킹과 아치와 배롱나무 사이에 있는 블루라이트, 그리고 집으로 들어오는 대문 안쪽으로 실화백나무를 타고 자라는 수퍼나이트이다. 벨라오브워

킹은 청순한 아가씨의 화사한 5월을 연상하게 한다. 연보라색의 다알리아꽃 같은 모양의 겹꽃이 마치 단정한 정장 차림에 브로치 같다. 수퍼나이트는 숨이 막힐 듯이 고혹적이다. 꽃잎이 귀부인이 입은 진보라색의 벨벳 같다. 햇빛을 받으면 아름다운 자태가 눈이 부시다. 수십 개의 꽃이 한꺼번에 피는 블루라이트는 여인이 화환 같은 남보

라색의 꽃다발을 한 아름 안고 있는 것 같다.

　잎을 떨어트려 일찌감치 겨울을 준비하는 클레마티스는 3mm도 안 될 듯싶은 가느다란 줄기가 죽어있는 듯 겨울을 난다. 이른 봄에 마디 사이로 작은 잎이 움틀 때면 그 생명력이 신비롭다. 가느다란 줄기가 영하 28도까지 월동을 할 수 있다니 놀랍기만 하다. 그리고 꽃이 질 때 또 한 번의 경이로움을 느낀다. 하얀 잔털이 송송하고 뾰족한 꽃봉오리가 벌어지면서 감추어진 보라색의 순 속살을 내보일 때면 한참이나 그 광경을 쳐다보게 된다.

　꽃은 홀로 피지 않는다. 가느다란 줄기가 철제 울타리의 가느다란 철사를 휘감으면서 함께 핀다. 함께 피는 꽃이 더 장관을 이룬다. 잎자루를 이용하여 올라가는 클레마티스 줄기를 자세히 보면 오른쪽에서 왼쪽 반시계방향으로 올라간다. 집 주변의 덩굴식물을 둘러보면 클레마티스뿐만 아니라 나팔꽃, 능소화, 으름, 돌콩, 환삼덩굴, 칡, 박주가리가 그렇다. 그런데 더덕과 인동은 반대로 시계방향으로 올라간다. 태양의 움직임으로 영향을 받는 줄 알았는데 꼭 그런 것만은 아닌 것 같아 흥미롭다. 왼쪽에서 오른쪽으로 즉 시계방향으로 올라가면 왼쪽 감기라 하고 반시계방향으로 올라가는 것을 오른쪽 감기라고 하는데 아마 보는 사람의 관점에서 그
렇게 한 것 같다. 미국의 빌 클린턴 대통령이 왼
손으로 문서에 서명하는 모습에 신선한 충격을
받은 적이 있다. 레오나르도 다빈치, 빌 게이츠,
아인슈타인도 왼손잡이였다. 우리의 왼손은 감
성을 관장하는 우뇌와 연결되어 있고 오른손이
이성을 관장하는 좌뇌와 연결되어 있다고 한다. 그래서 공감과 이성이 요구
되는 정보화 시대에는 왼손잡이가 더 환영을 받는다고 한다.

　오른쪽으로 돌면 어떻고 왼쪽으로 돌면 어떠랴. 그렇게 좌측통행을 외치
던 시절을 뒤로하고 심지어 이제는 규정도 우측통행으로 바뀌었다. 나는 공
학을 전공한 기술자인데도 불구하고, 보태니컬아트를 하고 있다. 현재의 나
는 정원 일을 하는 손은 왼손, 글씨를 쓰거나 악수를 하는 손은 오른손을 쓰
는 양손잡이가 되었다. 이제는 트라우마를 이겨내고 당당히 외치고 싶다.

　"나는 양손잡이다"

손주 얼굴 같은, 꽃사과

높푸른 하늘 아래 가을 햇살을 듬뿍 받아 집 주변의 나뭇잎들이 물들어간다. 남쪽에 있는 아래 마당 옆집 울타리 경계에 심은 감나무는 잎을 떨어뜨리며 탐스럽게 익어 가고, 난간을 타고 오른 으름도 풍요를 주체할 수 없어 열매가 벌어져 있다. 위 마당 작은 화단의 바위 사이로 구절초와 꿩의비름이 고개를 내밀고 '저 여기에 있어요'라고 손짓을 하는 것 같다. 의젓한 선비의 자세로 서 있는 모과나무는 큰 모과를 품고서 자유낙하를 준비하고 있다. 담벼락을 마주 보고 있는 비탈에는 연분홍색의 꽃범의꼬리 무리가 오후의 햇살

을 받아 화사하게 피어 있고, 어디서 날아왔는지 호랑나비 두 마리가 숨바꼭질하며 꿀을 빨고 있다.

친손녀가 싱가포르로 떠난 지 2년이 되었다. 첫돌을 보내고 얼마 안 지나 아들이 싱가포르의 다국적회사에 가겠다고 했을 때 처음에는 혼자 가는 줄 알았다. 아들 내외는 결혼하고 맞벌이하느라고 3년이 지나서야 기다리던 손녀를 보았는데 덜컥 아파트를 사고 말았다. 1년이 지나서 은행에 이자와 원금을 갚아야 하는데 이제는 홀벌이가 된 아들이 경제적 부담 때문인지 살던 집을 전세 놓고 식구들 모두 싱가포르로 이사를 했다. 나만 보면 무섭다고 울던 손녀가 할아버지한테 안기는 기쁨을 맛보기도 전에 떠났다. 매일 가족 단톡방으로 이야기를 주고받고 화상통화를 하기도 하지만 그 후로 지금까지 코로나 때문에 우리는 서로가 한 번도 왕래를 못 했다. 지금도 떠날 때 공항에서 할아버지 바이바이 하고 고사리 같은 손을 흔들던 모습이 눈에 삼삼하다. 화상통화를 하면서 손녀 이름을 부르고 손짓을 하여도 씩 웃기만 하고 영어인지 중국어인지 모를 단어로 중얼거리고 곧바로 나를 외면한다. 그래도 이제는 우리

나이로 네 살인 손녀가 타국에서 아름답게 커가는 모습이 대견하다.

이럴 때 옆에 외손녀가 사는 것이 참 다행이다. 친손녀의 그리움을 대신해 주고 있다. 외손녀는 덩치는 큰데 아직도 기저귀를 차고 쪽쪽이를 입에 물고 다닌다. 그래도 돌도 안 지나서 우리 집 계단을 오르내리더니 지금은 마당에서 무거운 호스를 끌고 꽃밭에 물을 뿌리며 신이 난 모습을 보노라면 세상 근심이 사라지는 것 같다. 외손녀가 세상에 나오자마자 코로나로 어린 나이에 마스크를 쓰고 살아가야 하는 것이 안쓰럽지만, 씩씩하게 지내는 모습에서 자연의 순환과 미래를 본다. 가을 햇살을 받아 작지만 탱탱하고 새빨간 꽃사과 열매를 바라보고 있자면 손녀들 생각이 간절하다.

7월에 열린 꽃사과 열매가 가을 햇살을 받아 탱탱하게 여물어간다. 방울토마토만 한 열매지만 의외로 딱딱해서 익어도 새가 쪼아 먹을 수가 없다. 꽃사과는 맛도 새콤해서 아기사과라고도 부른다. 사과가 줄기에 열매가 하나씩 열리는 것에 비해 꽃사과는 줄기에 여러 개가 열린다. 그러다 4월이면 사과꽃과 함

께 꽃사과의 꽃도 핀다. 사과 꽃잎은 흰색인데 꽃사과꽃은 아기 볼 같이 흰색이면서도 꽃받침이 연분홍 색깔이다. 꽃사과는 꽃이 뭉쳐 피어서 한곳에 여러 개가 열린다.

그런데 꽃사과도 사과와 같이 병충해에 약해서 관리를 잘해주어야 한다. 주위에 향나무가 있으면 여지없이 잎에 붉은별무늬병이 든다. 불행하게도

우리 집에서 일곱 번째 옆집에 향나무 몇 그루가 있어서인지 영향을 받았다. 4월경에 약제를 살포하지 않으면 비가 내릴 때 향나무에 병균 포자가 생성되고 바람에 날려 멀리는 1km 이상을 날아간다. 그래도 지금 모든 역경을 딛고 씩씩하게 자란 꽃사과 열매가 익어 간다. 지금은 꽃사과가 아니어도 먹을 것

이 널려있지만 머지않아 겨울에는 새들에게도 춘궁기가 찾아올 것이다. 감나무의 까치밥이 다 떨어진 지난해 늦은 겨울에는 말랑말랑해진 꽃사과 열매에 수십 마리의 산까치 떼가 한바탕 잔치를 벌여 풍경이 장관이었다.

한참이나 바라보다가 이내 눈을 감고 자연의 음악을 듣는다. 어디선가 불어오는 가을바람에 큰 나무들의 잎사귀들이 서로 부딪히며 '쏴 쏴' 하고 파도 소리를 내고, 작은 이름 모를 새들이 여기저기서 노래를 한다. 고추잠자리는 마당 위를 윙윙거리다 꽃범의꼬리 꽃잎 꼭대기에 내려앉았다.

자연은 법칙을 조화롭게 지키면서 순환한다. 나 역시 자연에 순응하면서 살아간다. 그들과 함께.

Episode 5.

시골 정원

고순미

들국화, 벌개미취

학교 갔다 집으로 돌아오는 길 푸른 바다가 보이기 시작하는 동네 입구에 들어서며 친구들과 헤어지느라 수선을 떤다. 갈림길에서 은정이와 나는 윗길로, 다른 친구들은 아랫길로 자연스럽게 나뉘며 아쉬움 담긴 긴 인사를 나눈다.

윗길 성구네와 은숙 언니네 집을 지나면 오른쪽 언덕으로 올라가는 주황색, 흰색, 회색, 갈색 등 다양한 색이 도는 돌계단이 보인다. 하나, 둘, 셋, 넷,

다섯 숫자를 세며 올라가는 건 나만의 재미이다.

마지막 계단에 올라서면서 "엄마아!" 부른다.

"어이, 그래 학교 잘 갔다 왔나?"

부엌에서 일하며 던진 엄마의 물음에 짧고 뚱한 답을 하고는 얼굴도 내보이지 않고 내 방으로 쏙 들어가 버린다. 아침에 엄마에게 들었던 잔소리가 생각나 괜히 심술을 부리는 거다.

툭, 책상에 가방을 올리려는데 그 위에 보라색 들국화 한 묶음이 파란색 유리병에 꽂혀 있다.

"와~ 예쁘다!"

들국화의 보랏빛이 정말 예쁘다. 꽃밭에서 엄마가 꺾어서 꽂아 두었나 보다, 생각한다. 보랏빛의 예쁜 들국화를 가까이에서도, 떨어져서도, 위에서도, 아래에서도 본다. 여기저기 보고 또 보고 그렇게 한참을 본다.

부드러운 보라색 긴 꽃잎과 노란 가루가 묻어 있는 꽃술을 살살 만져 보고, 코를 대고 향기를 맡다 보면 어느새 심술을 부리던 얼굴은 사라지고 들국화 같은 웃음 띤 얼굴이 된다. "엄마, 있잖아……." 하면서 오늘 학교에서 체육 시간에 체조하다가 체육복 바지가 찢어졌다고, 배고프다고, 저녁은 언제 먹을 수 있냐고, 재잘재잘 귀여운 수다를 이어간다.

그날 엄마가 내게 준 꽃은 엄마 꽃밭의 불두화와 단풍나무 사이 아래에서 지금도 해마다 예쁘게 피고 지는 보라색 들국다. 시간이 지나 식물에 관심이 커지면서 들국화라고 막연히 알고 있었던 그 꽃이 정확히는 들국화과에 속하는 벌개미취라는 것을 알게 되었다.

'들국화'라는 한 가지 이름으로 알고 있던 꽃들이 모두 같은 게 아니었다. 꽃의 모양과 색이 거의 비슷해서 대부분 같은 꽃으로 알고 있었지만, 꽃의 크기, 피는 시기, 잎의 모양, 나오는 방식, 향기, 자라기 적당한 장소에 따라 쑥부쟁이, 구절초, 해국 등 불리는 이름이 달랐다. 그런 여러 꽃 중의 하나가 우리 엄마의 꽃밭에 있던 보라색 들국화, 벌개미취였다.

벌개미취의 '벌'은 '들판 벌'이라는 점에서 꽃이 주로 자라는 장소로 이름

을 지은 걸 알 수 있다. 꽃은 6~9월에 들국화 중에 제일 먼저 핀다. '벌'자가 들어가서인지 어디서든 잘 자란다. 해가 잘 들지 않는 곳에서도 잘 자라 나무 아래 빈 화단을 풍성하게 하기도 하고, 번식이 잘 되어 잡초가 자라지 못 하게 하는 데도 좋다.

들국화의 꽃 모양은 자라는 장소나 환경에 따라 형태가 달라질 수 있어서, 꽃의 크기와 모양을 보고 어떤 들국화인지 바로 알기는 어렵다. 쉽게 구분하는 방법으로는 꽃보다 모양이 다른 잎 생김을 관찰하는 것이다. 벌개미취 잎은 길쭉하고 가장자리가 톱니 모양이고, 쑥부쟁이는 작고 길쭉하게 매끈하고, 구절초는 쑥갓처럼 갈라진 잎이고, 해국은 통통하고 털이 있다. 벌개미취, 쑥부쟁이, 구절초, 해국을 들국화라는 하나의 이름으로 부르는 것도 좋겠지만, 각 들국화의 다름을 발견하며 꽃의 고유한 이름으로 불러준다면, 그 즐거움과 행복을 온전히 느낄 수 있게 되지 않을까.

개명 신청, 목배풍등

이른 봄. 쏙, 쏙, 쏙, 무더기로 올라온 줄기. 그 끝에 펼쳐진 분홍빛 예쁜 꽃잎에 깽깽이풀.

반짝이는 가느다란 초록 줄기에 찐한 핑크빛으로 들판을 수놓은 끈끈이대풀, 종처럼 조롱조롱 매달려 꽃피는 때죽나무, 보슬보슬 하얀 솜사탕같이 피는 개쉬땅나무.

이 꽃들을 처음 만났을 때 들었던 생각은 이렇게 예쁜 꽃들을 왜 이런 투

박한 이름으로 부르게 되었을까였다. 꽃 이름은
당연히 그 꽃을 대표할 만한 사연과 특징을 담
아 지었겠지만, 개인적으로는 바꿔주고
싶은 이름이 많다. 그중의 하나가 너무
예쁜 배풍등이다.

　　가끔 배풍등을 보고 있는 사람들에게 그 이름을
알려주면 대부분 꽃은 예쁜데 이름이 왜 배풍등이냐고 반문한다. 나도 이름
의 유래가 궁금해 알아보니, 배풍등이 풍을 물리치는 약재로 사용되는 데다,
등나무 모양으로 꽃을 피워 이런 이름이 붙었다고 한다. 예쁜 꽃이지만 관상
용이 아닌 약재로 쓰임이 컸기에, 용도에 중점을 둬 '배풍등'이라는 이름이
붙은 것이다. 유래를 알고 나니 왜 이런 이름이 붙었는지 이해하게 되었다.
배풍등처럼 식물들은 그 모습 자체로 즐거움과 행복을 주는 건 물론이고, 각
종 질병을 치료하는 데 도움을 주기도 하는 것 같다.

　　목배풍등은 야생 배풍등과 달리 원예용이다. 브라질 남동부, 아르헨티
나, 우루과이, 파라과이 등 남아메리카가 원산지인 가지과속의 관목이다. 우

리나라에서는 배풍등과 꽃이 비슷하다 해서 원예용을 목배풍등이라고 부르는데, 배풍등의 꽃은 셔틀콕 모양의 흰 꽃이 고개를 살짝 숙여 피지만, 목배풍등은 보라색 꽃이 위로 활짝 핀다는 차이가 있다. 또한, 배풍등은 콩알만한 열매가 초록에서 빨간색으로 예쁘게 익어가고, 비록 아직 본 적은 없지만, 목배풍등은 푸른빛에서 검은빛 열매로 익어간다고 한다.

목배풍등 꽃은 짙은 보라색, 연한 보라색, 흰색 꽃이 한 다발에 모두 달려 있다. 한 가지에 핀 꽃의 색이 다양해서 신기한데, 원래 다양한 색으로 피는 것은 아니고 꽃이 필 때는 짙은 보라색이었다가 점점 시들어 갈수록 연한 보라색이 되고 다 질 때 즈음엔 흰색이 되는 것이다. 목배풍등이 화려하게 활짝 피었을 때, 다른 색을 내는 꽃도 함께 있어서 더욱더 신비로운 느낌을 낼 수 있게 된다.

넝쿨처럼 마음대로 뻗어 나가는 초록색과 보라색이 섞인 줄기도 꽃만큼이나 매력적이다. 아래쪽의 줄기는 좀 더 보랏빛이 강해 어둡고, 위쪽 새순의 줄기는 초록빛을 띠는 밝은색이다. 봄부터 가을까지는 꽃으로 즐거움을 주다가 가을에서 겨울로 넘어가는 시기부터는 줄기와 잎이 초록에서 점점 짙은 보랏빛으로, 단풍이 들 듯 신비롭게 물드는 모습이 참 매력적이다. 이처럼 매력적인 목배풍등을 더욱 아름답게 즐기려면 정원에 지지대를 설치해 유인하면서 키우면 좋다. 겨울에 줄기가 죽고 밑동이 목질화되어 월동할 수도 있기 때문이다. 다채로운 색으로 다양한 모습을 보이는 별 모양 목배풍등은 정원 식물로 가장 적합한 꽃이 아닐까 생각해 본다.

꽃 주소록, 추명국 (대상화)

친구 하정이에게 전화하면, 추명국 꽃 사진이 화면에 뜬다. 화면에 뜬 꽃을 보면서 하정이를 떠올리면 어느새 전화를 받은 하정이가 나를 부른다. 그제야 "하정아. 잘 지내?" 인사를 건넨다.

내 핸드폰에 저장된 친구들 연락처 프로필 사진은 내가 좋아하는 꽃 사진들이다. 전화를 걸면 친구마다 다르게 저장된 꽃이 화면에 뜬다. 꽃 사진을 먼저 보고 친구와 통화를 하게 되는 식이다. 이제는 습관처럼 어떤 꽃을 보

는 순간, 이 꽃은 누구 꽃이다, 하는 생각이 들면 그 친구의 연락처에 그와 어울리는 꽃 사진을 저장한다. 이렇게 친구 연락처에 꽃 사진을 같이 저장한 후로, 꽃이 피는 시기가 되면 그 친구가 한 번 더 생각나고, 덩달아 친구와의 추억을 떠올리고 자주 만나게 된다.

하얀 구절초는 항상 꾸미는 것 없이 수수하게 친구들을 편안하게 하는 순한 친구. 나팔꽃은 혹시 친구에게 힘든 일이 있을까, 언니처럼 보살피고 어루만지며 달래주는 살가운 친구. 보라색 꼬리풀은 여러 가지 삶의 굴곡을 겪는 순간도 의연하게 이겨내는 씩씩한 친구. 노란색 해바라기는 열정적이고 긍정적이어서 같이 있으면 마냥 신나게 해주는 친구의 사진으로 저장되어 있다. 각 친구의 꽃 사진을 정할 때, 내가 친구와 함께 시간을 보내며 느낀 이미지를 떠올리며 정하기 때문에 꽃만 보아도 자연스럽게 그 벗의 얼굴이 연상된다.

그중 친구 하정이에게 어울리는 추명국은 어느 공원의 화단에서 처음 보았다. 추명국은 꽃의 이름노 모른 그 날 나의 인생 꽃이 되었다. 화사한 가을 햇살 아래 바람이 부는 대로 긴 꽃대가 이리저리 살랑살랑 연약한 듯하지만, 힘 있게 흔들리고 있었다. 환하고 맑은 분홍빛은 순수하면서도 고상해 보였다. 진한 향기를 낸다거나 화려한 색을 뽐낸다거나 특이한 모양을 한 꽃은 아니었지만, 보는 순간 그 고상함에 반하고 말았다. 그때 떠오른 친구가 바로 하정이였다.

키가 크고 날씬해서 바람에 날아갈 듯 여리지만, 항상 한결같이 맑은 웃음을 띤 얼굴로 차분하고 편안하게 말을 거는 친우. 추명국이 그녀와 딱 어울리는 꽃이었다. 그날 바로 하정이 연락처의 프로필 사진은 추명국이 되었다.

추명국은 꽃뿐만 아니라 꽃봉오리, 꽃술, 씨방 그리고 씨앗까지 모두 특이하고 예쁘다. 보라색이 감도는 가느다랗고 길쭉하게 올라온 줄기에 달린 꽃봉오리는 끝에 살짝 고개를 숙인 듯 우아한 모양으로 제 꽃잎을 펼칠 날을 기다린다. 꽃은 분홍색과 흰색이 있는데, 언뜻 보면 크기가 서로 다른 꽃들이 삐뚤삐뚤 정돈되지 않은 것처럼 보이지만, 들여다보면 조화로운 모습으로 핀다는 걸 알 수 있다. 꽃술은 분홍색 꽃잎의 중앙에 노란색으로 깔끔하게 있다. 씨방은 꽃잎이 떨어진 후 작은 노란색 알사탕 모양으로 줄기에 매달리는데 꽃만큼이나 예쁘다.

추명국은 가을을 밝게 하는 국화라는 뜻이다. 이름처럼 가을 정원을 밝히는 꽃으로 정말이지 이렇게 딱 어울리는 꽃은 없으리라 생각한다, 그런데 꽃말은 의외로 "시들어 가는 사랑, 체념"이란다. 무슨 연유로 붙은 꽃말인지 모르겠지만 고상한 추명국과는 어울리지 않는다는 생각이 들기도 한다.

봄에 연한 새순이 올라오고 여름이 지나 선선한 바람이 불어오기 시작하면 추명국의 잎맥은 깊어지고 잎색은 짙어진다. 그러면 마음이 앞서서 보랏빛 우아한 꽃대는 언제쯤 나올까, 자꾸만 추명국을 살피게 된다. 보랏빛 우아한 꽃대가 나오면 평온한 말투로 안부를 묻는 하정이가 영락없이 보고 싶어진다. 그러면 지체 없이 핸드폰을 들어 추명국의 사진을 띄운다. 하정이의 평온한 목소리가 들리면, 나 또한 안온한 목소리로 나의 벗을 부른다.

"하정아. 우리 맛있는 점심이나 같이 먹자." 하고.

내 고향은 멕시코, 황화코스모스

    "아~ 가을인가." 하면 생각나는 설악산 단풍, 은행나무길, 알밤. 이런 여러 가지 중에서도 코스모스는 단연 빼놓을 수 없다. 꽃에 무관심하고 잘 알지 못하는 사람이라도 코스모스는 알 것이다. 그 정도로 가장 익숙한 가을의 전경을 담은 친숙한 꽃이다. 이처럼 많은 이들이 잘 알고 있는 코스모스는 그리스어로 질서, 조화라는 뜻의 *"Kosmos"*에서 유래되었다 한다.

코스모스의 일반적인 꽃말은 조화, 평화, 겸허, 미(美)인데, 꽃의 색마다 그 꽃말이 다르다. 붉은색의 코스모스는 처녀의 애정, 조화, 겸허이고, 하얀색 코스모스의 꽃말은 뛰어난 아름다움, 분홍색 코스모스는 소녀의 순정, 마지막으로 노란색 코스모스는 야성미로 낙관주의의 상징이라고 한다. 와우, 그 색마다 참으로 잘 어울리는 꽃말들이 아닐 수 없다.

코스모스의 고향은 멕시코다. 처음 코스모스의 고향이 멕시코라고 들었을 때는 진짜인가 싶었다. 친구들과 신나게 고무줄놀이를 하던 동네 공터에도 있었고, 학교 가는 길옆으로 쭉 피어서 길동무도 되는 꽃이었던 데다, 집 텃밭에 빨갛게 익어 가는 고추 옆에서도 가을바람에 산들거리며 피어 있던 꽃이었기 때문이다. 여기저기 어디서든 아주 흔하게 야생화처럼 피었던 동네 꽃이 코스모스 아니었나 싶었던 거다.

요즘 유행어를 붙인다면 '국민 꽃'이라는 소리를 들어도 될 만큼 우리에게는 매우 친숙하고 익숙한 꽃이라서 다른 나라가 원산지일 거란 생각은 해 보지도 않았다. 하물며 "코스모스"라는 이름에서도 외래 꽃이라는 느낌이 확연히 나는데 단 한 번도 다른 나라에서 온 꽃이라고 생각해 보지 않았던 것 같다.

요즘은 온 세계가 지구촌이라고 불릴 정도로 모든 부분에서 교류가 많은데, 식물도 예외는 아닌가 보다. 우리나라에도 여러 다른 나라에서 온 예쁘고 신기한 색다른 꽃들이 많다.

이런 처음 접하는 새로운 꽃을 구매하게 되면 꼭 물어보는 것들이 있다. 물은 얼마에 한 번 주어야 하는지, 햇볕은 얼마나 쬐어야 하는지. 여기에 나는 하나 더 물어본다. "이 꽃의 고향은 어디예요?"라고 말이다. 고향을 알게 되면 원래 자라던 장소와 비슷하게 환경을 만들어주어서 더 잘 키울 수 있기 때문이다.

동네 어디서나 볼 수 있는 코스모스처럼 우리에게 새롭게 다가온 꽃들도 원래 우리나라 꽃인 것처럼 친숙하고, 추억도 많이 쌓이는 꽃들이 되었으면 좋겠다.

한여름 밤의 향기, 인동초

여름이 시작될 때, 뒷산 너머로 해가 넘어가고 날이 어둑해지면 습관처럼 마당의 텃밭으로 걸음을 옮긴다. 텃밭에 가까워지고 그 향이 나기 시작하면 코 평수는 더욱 넓어지고 기분은 좋아진다. 초여름부터 한여름까지 밤만 되면 이 향에 중독돼 어둑한 밤, 마당 텃밭을 향한다. 내가 좋아하는 이 향기의 정체는 집 마당 담벼락에 넝쿨로 엉켜 자라는 인동초 꽃향기이다. 소꿉장난 하던 어린 시절부터 지금까지 인동초는 본연의 좋은 향으로 나를 이끈다.

인동초꽃은 붉은색과 흰색이 있다. 꽃말은 사
랑의 인연과 헌신적인 사랑이다. 붉은색 꽃은 아
버지의 사랑을, 흰색 꽃은 어머니의 사랑을 상징
한다. 흰색 꽃은 처음에는 흰색으로 피기 시작해서 점차
노란색으로 변화하는데, 이때, 하나의 꽃다발에 흰색 꽃과 노
란색 꽃이 함께 피어 있는 것처럼 보여서 금은화라는 별명도 있다. 추위에 강
해 서리가 내릴 때까지도 생장을 계속한다. 그래서일까. 인동초를 고난과 역
경의 대명사라고 하기도 한다.

정원에 심을 꽃을 선택할 때 꽃 모양으로 크고 화려하게, 작은 꽃들이 모
둠으로 모여 잔잔하고 소복하게, 보색대비로 눈에 확 띄게, 같은 계열로 부드
럽고 편안하게 하기도 하고 꽃이 아닌 다채로운 잎 색으로 볼륨감을 느끼게
하거나 특이한 수피의 나무들을 선택해 멋을 부리는 정원을 만들 수도 있다.
그러면서 꽃이 피는 시기를 봄부터 가을까지 쭉 연결한다면, 항상 꽃이 만발
하는 두말이 필요 없는 멋진 정원이 될 것이다.

여기에 조금 더 욕심을 낸다면 그건 바로 향기 정원이다. 향기는 눈에 보이지는 않지만, 정원의 매력을 정점으로 올려줄 수 있는 최고의 선택이다.

향이 진한 꽃들은 봄부터 정말 다양하다. 향이 천 리까지 간다고 해 천리향이라고 불리는 '서향나무'부터 천리향에 지지 않으려고 만 리까지 향이 퍼진다는 만리향, '돈나무'. 수수꽃다리 '라일락'. 진한 분 냄새가 나는 '분꽃나무'까지.

여기에 굳이 설명하지 않아도 많은 사람이 아는 장미, 우아한 향 백합, 유명 화장품 회사의 인기 향수 원재료로도 쓰이는 은목서, 금목서까지 정원에 심는다면 아름다움은 물론 향기까지 좋은 일석이조의 효과를 얻을 수 있다. 정원에서 아름다운 꽃들로 눈을 즐겁게 하면서 향기로운 냄새로 깊이를 더하면 정말 최고의 정원이 될 것이다.

나는야 알부자, 백합

기다림과 설렘으로 추석 명절을 보내고 신나는 가을 운동회와 소풍도 지나고 나면, 솔솔 시원하게 불던 바람에도 쌀쌀함이 묻어 불어온다. 이때쯤 초록 산야에서 다른 나무들과 초록동색으로 지내던 단풍나무가 맑고도 밝은 가을 햇살에 "나 단풍나무야. 이거 봐" 하고 빨갛게 물들인 손가락 모양의 잎들을 산들거리며 존재감을 나타낸다. 이때가 되면 엄마와 나의 '하얀 편지 봉투 나들이'가 시작된다.

사실 엄마와 나는 봄부터 가을까지 우리 동네 이웃의 꽃밭을 자주 놀러 간다. 이웃 꽃밭에 핀 꽃을 구경하기도 하고, 어떤 꽃이 어떤 색과 어떤 모양으로 피었는지 유심히 살피고 그중에 마음에 드는 꽃을 점찍어 둔다. 바람도 없고 햇볕 따사로운 가을날, 점찍은 꽃이 있는 꽃밭으로 하얀 봉투를 들고 나들이를 한다.

기억나는 꽃은 '아프리칸메리골드'이다. 집으로 올라가는 돌계단 옆에 봄부터 초겨울까지 붉게 쭉 피어 화사하게 길을 안내해주는 '프렌치메리골드'보다 꽃도 훨씬 큰데, 꽃대는 또 왜 그리 당당해 보이던지. 큰 노란 꽃이 빨리 시들기만을 기다렸었다.

채종을 끝내고 봉투를 가슴에 품고 돌아올 때는 정말 최고의 부자가 된 것 같았다. 한편으로는 이 꽃씨들을 뿌릴 봄이 되기까지 한참 남은 듯해 속상했다. 하지만 이런 속상함은 보통 하루만 지나도 사라지기 마련이었는데, 딱 한 번 날이 지나도록 오래 속상했던 적이 있었다. 채종하지 못한 꽃 때문에 섭섭해 눈물이 찔끔 났던 때는, 바로 하얀 백합을 채종하지 못했던 날이었다. 긴 줄기에 우아한 하얀색 나팔 모양의 꽃은 향수를 뿌린 것처럼 진한 향을 풍겼다. 그때 내 생애 최고의 꽃은 단연 백합이었다. 채종을 하고 싶었지만 아무리 살펴도 씨앗이 없었다. 백합 뿌리 근처 흙을 살살 쓸면서까지 씨앗을 찾아보았으나 허탕이었다. 도대체 너는 왜 씨앗이 없는 거야. 절망스러울 정도로 속상했었다.

이제는 알뿌리 식물의 특징을 알아 그때 왜 채종을 못 했는지 알지만, 아무것도 몰랐던 그때는 나에게 씨앗을 주지 않는 백합에 미운 마음마저 들었었다. 그래서인지 지금도 다른 꽃들에 비해 유난히 백합 욕심이 많아 종류별로 백합을 키운다. 그뿐만 아니라, 그 아름다움과 향기로운 행복을 지인들도 즐기라고 나눔 해주기도 한다.

백합은 정원에 심으면 초여름에 아름다운 모습과 향기로 최고의 기쁨을 느끼게 해준다. 키우기도 까다롭지 않다. 알뿌리 속에는 꽃을 피울 충분한 영양소가 있어서 적은 노력과 보살핌으로도 정원을 더욱 풍성하게 만들어 줄 꽃 중 하나다.

백합에 대한 욕심은 여러 종류의 알뿌리에까지 관심을 두게 되어, 늦가을에 심어서 봄에 화려하게 볼 수 있는 튤립으로, 봄에 심어 가을에 애잔함을 느끼는 꽃무릇에까지 미친다. 그러면 남들이 모를 행복한 알부자의 즐거움을 봄부터 가을까지 누리게 된다.

인생 참, 꽃 같다
식물세밀화가 5인이 가꾼 예술정원
The Garden Plant with Botanical Art

2022년 1월 14일 초판 1쇄 인쇄
2022년 1월 28일 초판 1쇄 발행

지은이 신소영, 윤규희, 박주경, 이상숙, 고순미
펴낸이 안종복
펴낸곳 티케
등 록 2021년 11월 30일 제 2021-000234 호
주 소 서울시 서초구 강남대로8길 15-1, 302호
전 화 02-574-3830 **팩스** 02-574-3831
전자우편 tychebook@gmail.com
인스타그램 tyche_books

디자인 디자인스튜디오 포렛
네이밍 황찬영

ISBN 979-11-977465-0-5

한국보태니컬아트 협동조합에서 지은 책